诸国奇闻新解

しんしゃくしょこくばなし

[日] 太宰治 著

程亮 译

中国出版集团　现代出版社

图书在版编目（CIP）数据

诸国奇闻新解 /（日）太宰治著；程亮译. —北京：现代出版社，2023.4
ISBN 978-7-5231-0113-1

Ⅰ. ①诸… Ⅱ. ①太…②程… Ⅲ. ①短篇小说—小说集—日本—现代 Ⅳ. ①I313.45

中国国家版本馆CIP数据核字（2023）第031912号

诸国奇闻新解

作　者：	［日］太宰治
译　者：	程　亮
责任编辑：	申　晶
出版发行：	现代出版社
通信地址：	北京市安定门外安华里504号
邮政编码：	100011
电　话：	010-64267325　64245264（兼传真）
网　址：	www.1980xd.com
印　刷：	固安兰星球彩色印刷有限公司

开　本：	880mm×1230mm　1/32
印　张：	6.5
字　数：	107千字
版　次：	2023年4月第1版
印　次：	2023年4月第1次印刷
书　号：	ISBN 978-7-5231-0113-1
定　价：	49.80元

版权所有，翻印必究；未经许可，不得转载

目录

穷意气 …………………… 001

大　力 …………………… 019

猴　冢 …………………… 037

人鱼海 …………………… 051

破　产 …………………… 073

裸　川 …………………… 089

义　理 …………………… 103

女　贼 …………………… 119

大红鼓·························· 133

风流汉·························· 151

寻欢戒·························· 167

吉野山·························· 181

实在发生了许多事,我自己也不知几时或将遭遇不测。当此关头,即使在警报长鸣之日,我依然笔耕不辍,要让读者清楚地了解日本作家的精神传统,此事至关重要。尽管结出的果实甚不满意,但我相信这是在昭和盛世的日本作家一职赋予我的使命,所以是拼了命完成的。

         昭和十九年晚秋,于三鹰草屋

自 序

　　文题虽定为"新解"，但这绝非西鹤作品的现代译文。把古典译成今文，几乎毫无意义，非作家所应为。大约三年前，我以《聊斋志异》中的某个故事为基础，充分发挥自己的想象，完成了一篇题为《清贫谭》的短篇小说，登载在这《新潮》的新年刊上。这次我仍打算以大体相同的手法，努力为读者奉上几道美味珍馐。西鹤是世上最伟大的作家，梅里美、莫泊桑等诸多英才亦远不及他，通过我的这项工作，倘能使大家更深信西鹤的伟大，则我的寒酸的工作便不无意义。我计划从西鹤的所有著作中，选出我喜欢的约二十篇小品，在此基础上自由抒写我的想象，最后汇总付梓，书题就叫《诸国奇闻新解》，但首先，我想借用《武家义理物语》中的《因我物故成裸川》这一题材，写一篇我自己的小说。原文属于小品，写满四百字的稿纸仅需两三页，但换我来写，则需二三十页，是其十倍之多。我喜欢这部《武家义理》，还有《永代藏》《诸国奇闻》《细盘算》等，倒是西鹤的艳情作品，我不大喜欢，也不认为写得多好，甚至觉得立意陈腐。

以上文字，是今年在《新潮》正月刊上发表《裸川》时用作序言的。后来，我一点点推进这项工作，起初预定二十篇左右，但只写了十二篇，就已精疲力竭。回头重读，实在很不满意，感觉脸上冒火，但这或许已是我当下能力的极限。十二篇短篇，远比一篇长篇更费力耗神。

只需看过目录，大致就能明白，我是从西鹤的全部著作中广泛寻求题材，因为变化越多才越有趣。对故事的舞台也下了一番功夫，背景遍及虾夷、奥州、关东、关西、中国、四国、九州等诸多地方。

但我毕竟出身于东北，在意趣上不免有东鹤北龟而非西鹤之嫌。而且，这东鹤或北龟，较之西鹤甚是青涩。毕竟年龄这东西，似乎拿它没办法。

这项工作由始至今，几乎已达一年之久。在此期间，日本

穷

意

气

很久以前，江户品川藤茶亭附近有一破败草庵，庵中住有一中年大汉，名唤原田内助，生得恶面虬髯，眼中血丝密布。这长相狰狞之人，往往易被自身威势所慑，反而竟变得懦弱，好比原田内助，粗眉环眼仪表堂堂，却根本是个窝囊废。

他与人比剑，居然会闭眼尖叫着一头冲向空处，撞在墙上直接认输，人送绰号"破壁者"，名头倒是响亮；他听信了一个狡猾的卖蚬少年编造的可怜身世，哭着买下所有蚬贝，回家便挨了妻子一通臭骂，罚他自己吃光，于是整整三天，他从早到晚光吃蚬贝，结果引发胃痉挛，疼得满地打滚；他一翻开《论语》读出"学而第一"，就必遭睡魔侵袭；他讨厌毛虫，一见就大声尖叫，十指伸张仰面栽倒；他受人怂恿，犹如被狐子魅住了似的，匆匆跑去典当行换钱请客；他在除夕当天一大早就去喝酒，还假装切腹吓退收钱的伙计；他住草庵也非风流之故，而是出于无奈，落魄至此。总之，他是一个外强中干、愚鲁困顿、不可救药的浪人。

所幸他的亲戚里有两三个富裕的，每每走投无路，他总能得到资助，所获大半都换了酒，对一切——无论春天的樱花还是秋天的红叶——他都不观不闻，始终过着醉生梦死、贫困不堪的生活。平日不看春樱秋叶，他大抵也能活下去，唯独一年一度的除夕夜，很难装作不知。

随着这一年的除夕夜日渐临近，原田内助模仿起疯子来，耍弄无用的长刀，怪声怪气地冷笑，吓得店伙计毛骨悚然。过两天就是正月了，他却连顶棚的烟灰也不清扫，胡子也不刮，任那又薄又硬的被褥一直铺在地上，如谵语般有气无力地嘟囔着"来就来吧"等可悲的话，然后又嘿嘿地笑。

每到这时，他妻子都仿佛置身地狱，忍无可忍，只好冲出后门，跑进自家哥哥半井清庵这个住在神田明神小巷里的医师家中，含泪诉苦乞求帮助，清庵每次都很为难，深感厌恶，但他是个诙谐洒脱之人，总是笑着说："有那样一个笨蛋做亲戚，也是浮世况味。"然后用纸包上十枚一两的金币，在纸包上写下"贫病妙药金用丸，包治百疾"的字样，交给不幸的妹妹。

原田内助见妻子拿出贫病妙药，非但神色不悦，更哑着嗓子说起怪话来："这钱用不着。"吓了妻子一跳，以为丈夫这回真发疯了。其实他没疯。一个没用的男人，连接受幸福也显得极其笨拙，面对突如其来的幸福，他往往张皇失措，觉得害臊，反而摆出歪理谬论大发脾气，将难得的幸福拒之门外。

"倘若就这么用了，我会担上果报，说不定会死的。"内助露出一本正经的表情，"你是打算要了我的命吗？"他两眼充血瞪着妻子，随即又嘿嘿一笑，"怎么会呢，你又不是夜叉。喝酒吧。不喝酒才会死人呢。啊，下雪了。好久没和风流友人谈天说地了，你现在跑一趟，把附近的朋友都叫来，有山崎、熊井、宇津木、大竹、矶、月村这六人，不，短庆和尚也算上，七个人，快去。途中顺便去趟酒铺，若赶上有下酒菜卖，就买一点回来。"不为别的，他只是心喜兴奋，想痛饮一番。

山崎、熊井、宇津木、大竹、矶、月村、短庆，无一个是住在附近棚户里终日饱受贫病折磨的浪人。原田支使妻子去叫这些人来赏雪饮酒，他们接到邀请，觉得至少在今晚这个除夕夜能暂时逃离火宅，已是不幸中的大幸，于是纷纷抻平粗衣的褶皱，把头探进壁橱里翻找伞或袜子，掏出一堆破烂儿。

有人在浴衣外面穿一件无袖外罩；有人自称偶感风寒，套了五件单衣，脖子上还裹着旧絮；有人把妻子的窄袖便服反着穿，挽起袖子掩饰其形；有人身穿短汗衫、马裤裙和绣有家徽的无衬短外罩；有人穿着下摆已漏棉花的棉袍，将后襟撩起，露出一双多毛的小腿。并无一人穿着得体。

但武士间的交往毕竟特殊，他们聚集在原田家，并不互相嘲笑衣着，郑重寒暄后一一坐定，身穿浴衣和无袖外罩的老山崎不慌不忙地上前一步，落落大方地代表今晚的客人向主人原田致上谢词，原田也一面注意着自己粗衣上的破袖口，一面道：

"欢迎各位。我是想着，管他什么除夕夜呢，不如赏雪饮酒图一乐，另外也是对久疏问候表示歉意，所以今晚招待大家，很高兴各位这么快就过来了，还请慢用。"说完，便端上寒酸的酒菜。

有个客人拿起酒杯，浑身颤抖，别人问他何故如此，他抹着眼泪凄然一笑，道："唉，请别介意。我穷得许久未曾碰过酒了，竟已忘了该怎么喝，实在惭愧。"

"我也一样，"身穿短汗衫和马裤裙的那人探头过来，"适才连饮两三杯，心情委实怪异，竟忘了该怎么醉，不知怎生是好。"

看来大家的心态都差不多，所有人都很沉默，客气地互相小声敬酒，喝着喝着，似乎才记起该怎么醉，于是笑声四起，房间里逐渐热闹起来，就在这时，主人原田掏出那个包着十两金币的纸包，高兴地道：

"今天我想给各位看一个稀罕物。你们囊中羞涩时，都会断然戒酒，节俭生活，所以除夕夜纵然难过，也不像我原田这样辛苦，我实在是越缺钱就越想喝酒，因而债台高筑，每逢年关迫近，就如八大地狱横亘眼前，终于不顾一切，连武士的意气和体面也抛弃了，找亲戚哭诉乞怜，今年也终于求得这十两金币，总算能照常过年了，但我若独享这一幸福，恐将担上果报而死，所以决定今天招待诸位一同畅饮。"

众人闻言纷纷叹气，有的说："哎呀，早知如此，我就不必客气了，适才还担心喝完酒须交会费呢，可是亏了。"有的则说:"既然如此,我得多喝一点,沾一沾光,说不定一回到家,就有装了现金的挂号信从意想不到的地方寄来呢。"还有人说:"有个好亲戚可真幸福,不像我的亲戚,反而都盯着我的口袋,教人失望。"

众人无不大悦,席间越发热闹,原田也开心极了,一把擦掉胡子上的酒珠,道:"不过,时隔许久再将十两金币放在掌上掂量,感觉相当沉呢。各位不如轮流感受一下,如何?倘若当它是钱,则或许不免讨厌,但这并不是钱。你们看,这纸上写得明白:'贫病妙药金用丸,包治百疾。'我那亲戚为人诙谐,所以写了这些寄来,好了,请传阅吧。"说完,他将十枚金币连同包着的纸塞给客人依次传递,人人都惊讶于金币之重,又为纸上留字之轻妙赞叹不已,有人偶得妙句,借来笔砚,在包纸空白处写下"受贫病之药如见雪光",于是觥筹交错,酒兴愈酣。

当金币传完一圈回到主人手上时,老山崎端正了坐姿,肃然谢道:"啊,托您的福,教我忘却了一年的辛苦,不知不觉竟坐了这么久。"尽管他脖子上裹着旧絮,像染了风寒似的,仍挺胸唱起了《千秋乐》①,宾主共同击腿打拍,一曲唱毕,便各自收拾身旁的烫酒锅、漆食盒、腌菜罐等器皿,拿去厨房门口交给女主人,所谓善始善终不留麻烦,从古至今这都是武士的修养。客人见那些金币散落在主人身畔,劝他也收拾一下,原田满不在乎地将金币归拢起来,却陡然神色大变。少了一枚。然而,原田虽然好酒,性子却很懦弱,只知小心翼翼地照顾别人的心情,全然不似他那可怕的相貌。他虽然吃惊,却佯装不知,准备收起金币。

"等等,"老山崎扬起手,"金币少了一枚。"

"啊,不,这个……"原田如同做了坏事被人撞破,很是慌张,"嗯,这个,我事先买酒菜已花掉了一两,方才拿出来就是九两,这不奇怪。"

山崎却摇了摇头,"不,并非如此。"老人十分顽固,"我适才放在掌上,确是十枚金币。虽说灯光微弱,但我这双眼睛是雪亮的。"他说得斩钉截铁,其余六位客人也异口同声表示的确如此。众人全体起身,手持灯笼找遍了房间的每个角落,仍不

---

① 雅乐曲名。常作为结束曲。——译者注

见那一枚金币。

"既然如此,我便脱光,以证清白。"倔强的老山崎不乏穷人意气,纵然瘦弱干枯,仍以武士自居,如今无辜蒙受嫌疑,自然视之为奇耻大辱,便愤然脱下无袖外罩挥动,又脱掉皱巴巴的浴衣,浑身上下只剩一条兜裆布,把浴衣像撒网一样夸张地挥舞,脸色苍白地道,"各位,看清楚了吗?"

其余客人也没有就此了事,大竹第二个站起身,挥动绣有家徽的无衬短外罩和短汗衫,然后脱下马裤裙,暴露了自己连兜裆布也没穿的事,但他笑也不笑一下,倒拎起裤裙挥舞,房间里的气氛逐渐变得紧张骇人,仿佛杀气腾腾。接着是棉袍后襟撩起露出一双多毛小腿的短庆和尚,他刚站起身,就紧皱眉头,仿佛突然腹痛般发出一声呻吟:"恰恰当时,我作了一句无聊的俳句:受贫病之药如见雪光。各位,我怀中确有一两金币,事到如今,也不必脱衣了。真是祸从天降。倘若辩解,倒显得婆婆妈妈,不如一死以证清白。"话未说完,他已脱光上身,手按刀柄,主人和其余宾客连忙冲过来将他的手摁住。

"没人怀疑你。不光是你,我们都是活得很惨的穷人,但怀揣一两金币的时候也是有的。穷人理解穷人,我们理解你以死自证清白的决心，但根本没有一个人怀疑你，而你却要切腹，如此岂不愚蠢？"

众人纷纷劝解，短庆越发恨自己运气不济，连连抽泣，哭得越来越厉害，咬牙切齿道：

"感谢诸位，我会带着这份心意奔赴黄泉。谁教我在这搜查一两金币的重要关头，偏不凑巧怀里就有一两呢。即使各位都不怀疑，这种难堪也不会消失。这是留给世人的笑柄，是一生的疏忽，没脸活了。我怀中这一两金币，确实是我昨日将手头的德乘[①]短刀以一两二分的价格卖给坂下的旧货商十左卫门所得，但事到如今，这种带有抱怨的辩解也是武士之耻。什么也不说了，就让我死吧。各位若多少还同情我这个倒霉的朋友，还请在我自杀之后，前去坂下的旧货店确认此事，为我雪耻，拜托！"

他依旧坚持求死，再次抄起短刀挣扎起来，就在这时——

"咦？"主人原田叫道，"在那儿呢。"

众人一看，只见灯笼下有一枚闪闪发光的金币。

---

① 后藤德乘（1550—1631），江户前期的剑饰雕金匠。——译者注

"嘻，原来在这种地方。"

"都怪灯下黑。"

"失物总是会从平淡无奇的地方冒出来，所以平常心很重要。"山崎道。

"唉，这一两金币真让人虚惊一场，也多亏了它，我酒都醒了。大家继续喝吧。"主人原田道。

"啊！"正当众人你一言我一语捧腹大笑之际，从厨房传来了女主人的一声惊呼。很快，女主人就慌里慌张地跑了过来，"金币在这里。"说着，她递上一个食盒盖，盖子上也有一枚闪亮的金币。

众人面面相觑，满面通红的女主人拢起垂落在脸上的头发，不合时宜地笑了笑，气喘吁吁道："先前我炖好山芋装在食盒里端上来，外子手脚粗鲁，把盖子直接放在了榻榻米上，我就取来垫在食盒底下，当时，可能金币被盖子背面的热气粘住了吧，而我并不知道，就这么端给了客人，都怪我疏忽，方才我正准备清洗，谁知叮当一声，才发现了这枚金币。"

宾主愕然，仍只能面面相觑。如此一来，金币就成了十一两。

"唉，这是好事。"过了片刻，老山崎叹了口气，"可喜可贺。有时候，十两金币不是不会变成十一两，这是常有的事。先收起来吧。"他似乎有点老糊涂了，说的话简直不知所云。

其他客人也对老山崎的荒唐意见感到讶异，但当此情形，他们也觉得叫原田把金币收好无可厚非。

"很好。一定是亲戚从一开始就寄来了十一两。"

"没错，那位亲戚既是诙谐之人，想必便开了个玩笑，假装是十两，其实有十一两。"

"原来如此，真可谓别出心裁，通晓人情世故。总之，请收好。"

众人七嘴八舌说着浮泛的话，试图强迫原田，就在这时，原田内助这个懦弱的酒鬼、没用的男人，却展现出了可能是一生唯一一次的异样的顽强。

"用这种事是骗不了我的，别小瞧我。恕我直言，大家都很贫穷，却只有我一个人获得了十两的幸福，既对不起老大爷，又对不起各位，我于心不安，不喝酒就受不了，今晚招待各位，明明是想为我的过分的幸福消灾解难，却不料更降下了怪异的灾难，我甚至连十两都无福消受，各位却如此刁难，还要再强加给我一两，实在太坏了。我原田内助虽然贫穷，但也是一介武士，并非贪财之人。不光这一两，连同我的十两，也请大家都拿走吧。"

他的愤怒实在来得古怪。却原来，性格懦弱之人，哪怕只得到一点点好处，也会极度惶恐汗流浃背张皇失措，而当自己吃亏时，却像变了个人似的，开始摆大道理，努力使自己吃更多的亏，对别人的话一概不予接受，只一味地大摆歪理谬论。这种人啊，一旦收缩到极致，就会从里面开始膨胀。换句话说，这是一种自尊心的倒错。

事态发展到这一地步，原田也难免开始拼命摇头，结结巴巴地开陈意见，毫不退让。

"别小瞧我。十两金币还能变成十一两？开什么玩笑。是刚才有人偷偷拿出来的吧，一定是的，一定是有人不忍见短庆和尚遭难，便偷偷拿出了自己的一两救急。这是玩了个无聊的小花招。我的金币粘在了食盒盖里面，掉在灯笼旁的一两金币，定是有人出于同情拿出来的。把那一两强加给我，根本毫无道理。你们就当我那般贪财吗？穷人自有穷意气。别嫌我啰唆，就连拥有十两金币，我心里也很难受，眼看都快厌世了，居然还要再强加给我一两，看来连老天爷也放弃我了，武运怕也到此为止了，我就算切腹也必须一雪此耻。我虽然是个酒鬼，是个笨蛋，但还没老糊涂到被各位哄骗，沾沾自喜地相信金子也会产子。来，拿出这一两的人，请痛快收回去吧。"

他本就生得面目狰狞，如今危坐表态，自然气魄逼人。众人缩着脖子，一言不发。

"来，请站出来。那人是一位仁慈的大好人，我一辈子当他的随从都行。在这一文钱也难舍的除夕夜，竟拿出一两不动声色地掉在灯笼旁，救了短庆和尚的危急。穷人理解穷人，他不忍见短庆和尚陷入困境，便默默地舍弃了自己那重要的一两，人格可谓绝佳，我原田内助很是佩服。那位了不起的人，就在这七人之中。请报上名来，堂堂正正地报上名来。"

经他这么一说，那个隐藏的善人恐怕更难站出来了。由此可见，原田内助果然很没用。十位客人徒自叹息，扭扭捏捏，事情毫无进展。好不容易喝到的酒已经醒了，众人都觉扫兴，只有原田一人瞪着血丝密布的眼睛，焦急地催促："报上名来，给我报上名来。"

没过多久，鸡鸣报晓，原田终于等得不耐烦了，道："我知道一直把你们留在这里很失礼，假如无论如何也没人自报名字，我也没办法，只能把这一两金币搁在这个食盒盖上，放在门口角落里。请各位一个接一个离开，这枚金币的主人，希望你能默不作声地把它拿回去。这样处置如何？"

七位客人纷纷抬头，仿佛松了口气，一致赞同。实际上，对愚钝的原田来说，这是一个非常成功的好主意。一个懦弱的人，在做一些对自己不利的事情时，偶尔也会想出如此绝妙的巧计。

原田有点得意，当着所有人的面，把一两金币稳稳地搁在食盒盖上，放在了门口。

"我放在台阶板右端最暗的地方了，只有金币的主人才看得清有没有。请离开吧。只有金币的主人，会用手摸索着收走，然后若无其事地离去。好了，请吧，从山崎老开始。啊，不，去时请关紧隔扇，然后当山崎老走出大门，完全听不到他的脚步声时，再请下一位起立。"

七位客人依他所言，静静地依次离去。随后，女主人点亮手烛,来到门口一看,金币不见了。她感到莫名其妙的战栗,便问丈夫:"究竟是谁呢?"

原田似乎有些困倦,道:"不知道。没酒了吗?"

妻子心想,武士纵然落魄,也果然不同寻常。接着,紧张兮兮、楚楚可怜的她,就走到厨房烫酒去了。

(《诸国奇闻》,卷一之三,《除夕不合细盘算》)

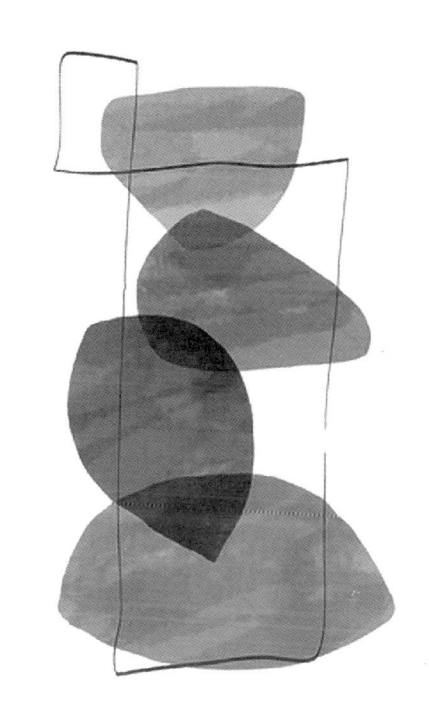

大力

很久以前，赞岐国高松有一家名叫"丸龟屋"的钱庄，老板是四国赫赫有名的大富翁，膝下有一子名唤才兵卫，甫一降生就长得骨骼粗壮，浓眉大眼，仪表不凡，三岁时，手足上已筋肉虬屈，曾无心抡起尺子打在家猫头上，那猫未及发声即已毙命，乳母大惊，捡起猫尸一看，头骨已然粉碎，登时吓得毛骨悚然，坚决请辞。刚到六岁，才兵卫已成为附近的孩子王，曾把拴在屋后草地上的牛犊抱起，顶在头上走来走去，吓得玩伴们不寒而栗，此后他每天都把牛犊当作玩具耍弄，牛虽渐渐长大，但他从一开始就已习惯扛牛，所以仍能毫不费力地抓住牛的四肢举过头顶，那牛越长越大，到才兵卫九岁时，已成了能轻松拉动大车的大黑牛，但才兵卫仍毫不畏惧，抱牛入怀放声大笑，玩伴个个怕得要命，谁都不跟才兵卫一块儿玩了，才兵卫独自登上后山，把大杉树连根拔起，将比牛还大的岩石踢落悬崖，但一个人玩耍终究无趣。十五六岁时，他脸上就已生出胡须，犹如三十来岁，满脸严肃深沉、深明事理的模样，一点也不可爱。当时，赞岐流行角力，在大关当中，继天竺仁太夫之后，还有鬼石、黑驹、大浪、雷霆、白龙、青鲛等，名字个个起得既生僻又古怪，村里的牛倌、山中的樵夫以及来自京城的职业角力士等，都施展四十八手①破皮碎骨，身受无谓重伤，况且此道看来别有趣味，令人欲罢不能。即使缎子兜裆布经常松脱滑落，也笑都不笑一下，只在乎上手②、下手③、足技等功夫如何，为之鼓噪喧嚣，仿佛此乃世上头等大事，汗也不擦，互相推搡，连日常营生都忘了做，一回到家，就吃下倍于常人的饭，像死了一样酣然大睡。一向自诩力大的才兵卫，又岂能袖手旁观，他扎紧兜裆布跳上擂台站定，张开双臂大喊："放马过来！"众人皆知才兵卫自幼一身蛮力，有人顿觉扫兴，匆匆穿衣准备回家，也有人躲在人群里小声道："大少爷，算了吧，呵呵，毕竟您这身份……"也不知是恭维、忠告还是

---

① 角力时决定胜负的各种招式的总称。——译者注
② 从对手伸出的胳膊上方抓住对手兜裆布的招数。——译者注
③ 从对手伸出的胳膊下方抓住对手兜裆布的招数。——译者注

指责。

其中有个京城来的职业角力士，名叫鳄口，此人在京城实力太弱，未能闯出名堂，但来到乡下，经年磨炼的四十八手不负所望，轻易便能应对乡下青年的蛮力。

"那就较量一局。"他不动声色地走上擂台，才兵卫勃然大怒，飞扑过来，鳄口横扫对手小腿，毫不费力便将才兵卫摁倒在地。才兵卫像一只丑陋的死蛙般趴在擂台中央，如坠梦中，纳闷竟有如此神奇的招式。他摇摇头，懵懵懂懂地爬起身，瞪向哄然大笑的观众，逼使他们再不敢作声，然后谎称"肚子疼"聊以遮羞，回到家里极不甘心，捏碎一只鸡炖了吃，连骨头也嘎嘣嘎嘣地嚼烂吞下，增了力气，当晚便找去鳄口家，称自己先前腹痛才意外败北，想再较量一局，这次定能取胜。鳄口在吃晚饭，酒兴正酣，不愿理会，但才兵卫坚持挑战纠缠不休，鳄口只好脱掉衣服跳下檐廊，将冲过来的才兵卫那巨大的身躯拨得左摇右晃，随意摆弄，才兵卫渐渐晕头转向，把一棵松树当成鳄口一把抱住，气喘吁吁地大叫一声"浑蛋"，毫不费力地连根拔起。

"喂，喂，别乱来。"连鳄口也被才兵卫的怪力吓住了，自忖长期跟这种怪物较量后果难料，便登上檐廊，迅速穿好衣服，使出怀柔之策："小子，来，陪我喝两杯吧。"

才兵卫拔起松树，高举过顶，突然朝檐廊那边一看，只见鳄口正坐在房间里笑着饮酒，稚气未脱的才兵卫吓了一跳，以为对方定是鬼神无疑，连忙丢下松树，别的什么也顾不得了，拜倒在地哇哇大哭，恳求鳄口收他为徒。

才兵卫对鳄口敬若天神，翌日便蒙师父开始传授四十八手，本就大力无双的他进步显著，所以鳄口也教得起劲，才兵卫只觉飘飘然犹若升天，喜不自胜，别说清醒时了，便在睡梦中也打把式说梦话，不忘习练四十八手，琢磨明天用哪一招才能打赢师父。许是他的热情打动了摩利支天[①]，其实力越来越强，很快连鳄口也有点难以招架，觉得被徒弟打败既荒唐又丢面子。于是有一天，鳄口一本正经地示下莫名其妙的训诫，"汝已出师，勿忘初心。"接着又说，"吾予汝荒矶之名，今后无须再来。"他就这样急切地对徒弟敬而远之了。才兵卫喜极而泣，并未察觉师父已对他敬而远之，只心想：我也终于出师，成为一个独当一面的角力士，太感谢了，从今天起我就是荒矶，这个名字太棒

---

① 二十四诸天之一。在日本被视为武士的守护神。——译者注

024

了,啊,师恩比山高。从那以后,才兵卫无论在哪个擂台上都发挥出无敌的实力,十九岁时就把赞岐的大关天竺仁太夫半死不活地埋在擂台的沙土里,引来同行的非难,认为他没必要出手那么重,但他傲然侈谈,说角力只要能赢就行,于是越发被众人憎厌。丸龟屋的老板向来看不惯自己的儿子夸耀蛮力,也想出言相劝,可是被才兵卫的大眼珠子一瞪,他这做父亲的也不免毛骨悚然,吓得瑟瑟发抖,转念一想,若是儿子使用蛮力反抗,做父亲的还有何威望可言,只好隐忍自重,暂时静观,但最近才兵卫沉迷于角力,致人伤残,惹人憎恨。

"才兵卫啊,"有一天,老板实在看不过眼,就用令人肉麻的声音提心吊胆地说道:"人类自神治时代以来就一直以衣蔽体。"他太过拘谨,连自己也不知所云。

"是吗?"荒矶看着老爹,一脸纳闷。

老板越发不知所措,不由得低下头,双手在大腿上搓来搓去,道:"赤身裸体的较量,致五体暴露于危险之中,夏天倒是凉快,但冬天就冷得不行。"

就连荒矶也忍俊不禁,轻声反问道:"你是想让我放弃角力吧？"

老板吓了一跳，擦了把汗，"不不，我绝不是让你放弃，只不过，反正都是游戏，还不如玩玩杨柳弓之类的。"

"那是小女孩的游戏，我一个大男人，用骨节突起的手耍弄那么小的弓，就算练到百发百中，一旦强盗来袭，我若拿它射敌，强盗都会发笑，就算去射偷鱼的猫，也不过是给猫挠痒痒罢了。"

"这倒是。"老板赞同，"那么，'十种香'呢？就是通过嗅觉分辨各种香料的游戏。"

"那个也很无聊。我要是有那么灵敏的鼻子，还不如用在厨房里，能迅速嗅出饭烧煳了，让女佣抽出灶里的柴火，这样也算为家里出一点力。"

"原来如此。那么，蹴鞠呢？"

"好像很多人都在练习，说步法如何如何重要，但我只走门又不翻墙，有什么用呢？就算走夜路，也大可提着灯笼慢慢走，不怕跌进沟里，何必为了脚步轻捷而那么辛苦呢。"

"的确如此。不过，人不能一点也不可爱，不是吗？练练滑稽的狂言怎么样？家里聚会时，可以表演给大家看——"

"别开玩笑了。只有小时候才可爱，现在都长出胡子了，就算抛头露面演太郎冠者①，也只会令观众吓出一身冷汗，只有母亲会膝行上前夸赞演得好，使我在邻居口中沦为笑柄。"

"倒也是。那插花呢？"

"哎呀，别再说了。你莫非老糊涂了？那是因为高居庙堂的皇亲贵胄很少能看到原野里盛开的四季之花，所以取来深山的松栎，以便能在眼前观赏其活生生的姿态，花道由此而始。至于我们平头百姓，就算折取院中山茶树的枝条，锯断盆栽的梅花，装饰在壁龛里，又有什么意义呢。花还是该任其自生，远观欣赏为好。"才兵卫的每一句话都很有道理，说得老板哑口无言，"还是角力最好啊。我要大干一场。父亲您讨厌角力，年轻时不也玩过吗？"

就这样，老板一番劝说的结果却十分荒唐。老板娘鄙视老板的无能，觉得自己可不会那么说，于是有一天，她悄悄地把

---

① 狂言的登场人物，是相对于主人的男仆角色。——译者注

才兵卫叫到里间，首先呵呵一笑，"才兵卫呀，坐这儿吧。哎呀，胡子都长这么长了，不如剃掉如何？头发也弄得那么蓬乱，来，让我给你梳理一下。"

"你不用管。这在角力中叫乱发，是很潇洒的。"

"哎呀，是吗？没想到你都知道'潇洒'这个词了，有出息。你今年多大了？"

"你明明知道的。"

"是十九岁吧。"老板娘平静地说道，"我是十五岁上嫁到这个家里来的，当时你父亲也是十九岁，而他早在那之前就是个花花公子，十六岁时就已尝过花酒的滋味，着装也好什么也好，那才叫潇洒呢，和我在一起之后，他仍屡屡上京，养了很多情人，别看他现在的脸那么古怪，都看不出是正面还是侧面，但年轻时相貌英俊，稍微俯身低头的时候，和现在的你一模一样。你也像你父亲一样睫毛很长，所以低头时面带哀愁，肯定很招女人喜欢，去京城教岛原[①]的美人落泪，不是生为男人最大的福气吗？"说完，老板娘意味深长地猥琐一笑。

---

① 京都著名的烟花巷。——译者注

"太无聊了。要让女人哭,最好就是揍。以角力来说,就是掌掴。只要挨上两三记掌掴,没有不哭的女人。倘若让女人哭是福气,那我今后更要努力练习角力,把全世界的女人都揍哭。"

"你在说什么呀,这完全就是两回事。才兵卫,你已经十九岁了,你父亲在十九岁时,早已吃过花酒狎过妓,什么都修行过了,你也该去京城顺便赏赏花,去岛原玩一玩,花上一二千两,那又没几个钱。要是有喜欢的女人,可以为她赎身,找个景色秀丽之地盖一栋漂亮的房子,和那女人玩一阵子的过家家岂不很好?在你中意的土地上,按照你的喜好,我来为你建一个气派的宅子吧,然后,我为你俩准备柴米油盐酱醋茶和四季的换洗衣服,什么都送去,你想要多少钱就给你多少钱,那女人若觉得孤单,我可以再从京城叫来两三个小妾,此外再雇三名穿振袖①的年轻侍女,还有分别负责用膳、沏茶、缝纫的女仆,以及打下手的厨娘二人、侍童二人、小沙弥一人、按摩盲人一人、陪酒歌手一人、厨师一人、轿夫二人、草履取②大小二人、伙计一人,嗯,大概就是这些人,我不会教你做坏事的,

---

① 一种长袖和服,是年轻未婚女子的盛装礼服。——译者注
② 携带草履陪伴王公出门的男仆。——译者注

趁着去赏花——"老板娘拼命劝说。

"我早就想去一趟京城看看了。"才兵卫随口说道。

老板娘高兴地膝行至他身前,"既然你也有意,接下来只需要建一个气派的宅子,无论小妾、侍女还是按摩盲人——"

"那些都太无聊。听说京城有个名叫黑狮子的大关很强,我一定要设法把他埋进擂台上的沙子里——"

"唉,你的想法太无情了。和心爱的女人住在气派的宅子里,日日花天酒地,还有陪酒歌手助兴,这样的生活多么——"

"那宅子里有擂台吗?"

老板娘哭了起来。

隔着隔扇,掌柜、伙计都在偷听,他们面面相觑,纷纷叹气。

"换成是我,我就按老板娘说的去做。"

"当然了。就算在虾夷岛的边缘也好啊,住在豪宅里,过着荣华的生活,哪怕三天后死掉也值了。"

"小声点。若是被大少爷听到,那种叫掌掴还是什么的厉害招式，免不了教你挨上两三下。"

"那我可遭不住。"

众人脸色大变，悄悄退走。

后来，再没人试图向才兵卫提意见，他变得越来越强大，觉得赞岐一国太小，还去阿波的德岛、伊予的松山、土佐的高知等地参加了夜宫①角力，毫不留情地将对手撞飞击倒在地，伤人无数，还面目可憎地冷笑着说："角力只要能赢就行。"然后悠然离去。他早中晚都生食牛马羊肉增添气力，脸盘又红又大，狰狞如鬼，在路边玩耍的孩子见了，大声尖叫害了病，大人远在半里地外就望风而逃，一提起丸龟屋的荒矶，别说赞岐了，整个四国都无人不知。才兵卫愚蠢地以为这是好事，证明自己已经出人头地，便公然宣称："我之所以能有今天，自然是承了摩利支天的恩惠，但首先还得多亏恩师鳄口，我对他感激不尽。"如此一来，鳄口无颜面对镇上的人，不堪承受，最后不得不出家了。对于这些风波，丸龟屋的自家人不能一直坐视不理，便秘密聚首商议："只要让他娶个媳妇，比如横町的小平太

---

① 祭礼前夜举行的简单的小型祭礼。——译者注

诘将棋或坂下的与茂七尺八，就能解决问题，才兵卫从漂亮的妻子那里学会什么是人类的爱情，就一定会厌恶那么粗暴残酷的较量，所以务必让他娶个媳妇。"

众人眼睛放光，纷纷点头，遍寻四方，找到了一位新娘，是赞岐国一个大地主的长女，年方十六，生得像人偶一样美丽，但在婚礼当日，才兵卫仍顶着一头角力的乱发，问道："今天是什么日子，怎么聚了这么多人，是法事吗？"看模样他似乎真不知情，问出的话十分冷酷，以父母为首的一众亲戚几乎是央求着让他穿卜纹服，坐在新娘身畔，先喝了交杯酒，众人刚松了口气，才兵卫猛地站起身，脱掉纹服一把扔掉，说道："做这种无聊的事，胳膊会没劲儿的。"然后跳进庭院，以假山为对手，连声吆喝着开始了凶猛的角力练习。

当着新娘的娘家人，才兵卫的父母脸上无光，背上冷汗涔涔，说道："他还是个孩子，正如你们所见，请原谅他吧。"话虽这么说，可怎么看他也不是个孩子，倒像四十来岁的老头子。

"可是，他那一脸大胡子，以及像煞有介事地发力的样子，都教人不禁想起受了烹刑的石川五右卫门。"娘家人都很震惊，坦率地表达了感想，想到竟把女儿嫁给了这样一个荒唐的男人，不禁面面相觑，叹气不已。

当晚，才兵卫把新娘赶到了隔壁房间，并小心地用顶门栓牢牢固定住中间的隔扇，新娘忍不住抽泣起来，他却大声骂道："吵死了！我师父鳄口曾经说过，一旦夫妻和睦，就算正值血气方刚之年，胳膊也会变得没劲儿。你不也是角力士的妻子么，怎能连这种事也不知道呢。我讨厌女人，我要向摩利支天许愿，一生不近女色。浑蛋，别哭了，快去那边铺好被褥睡觉！"

新娘太过恐惧，昏了过去，全家闹得天翻地覆，娘家人当晚就用轿子抬着疯狂哭喊着"鬼来了！鬼来了！"的新娘回老家了。

经过此事，才兵卫的恶名愈传愈广，甚至传入如今已出家遁世、在深山草庵中静心念佛度日的师父鳄口耳中，对做师父的来说，没什么比听到弟子的恶评更痛苦的了，他终日郁郁，心劳成疾，终于成了念佛的障碍，一天夜里，他下定决心，打扮成百姓蒙面下山去村里的夜宫，观看依旧热闹的夜宫角力，只见荒矶慢吞吞地走上擂台，用嘶哑的声音说道："今晚也无人做我的对手吗？别退缩了，放马过来。"说完环顾四周，连神宫松籁也变得悄然无声，众人无言，开始准备回去，就在这时，鳄口和尚脱掉衣服，依旧蒙着脸，大喊一声"我来"，便登上了擂台。荒矶单手猛抓住和尚的肩膀，冷笑着说道："你这个不要命的家伙。"

和尚急了，担心肩骨随时会被捏碎，忙不迭声地叫道："快放手，快放手。"

荒矶笑得更开心了，抓住和尚的肩膀左摇右晃，和尚吃痛不住，一边低声说"喂，喂，是我，是我啊。"一边摘下了蒙面。

"啊，师父。好久不见了。"荒矶正说着，和尚却使出一招厉害的"上手摔"，使他的庞大身躯在空中转了一圈，咚的一声砸在擂台正中央，摔了个四脚朝天。当时荒矶的样子狼狈不堪，难以形容，后来甚至成了村民们的笑料，说他好像大鲇鱼从葫芦上滑落，又似猪从梯子上滚落。和尚装作什么都不知道，迅速混入人群回到山中草庵，神清气爽地继续念佛，荒矶断了三根肋骨，被人用门板抬着，像个死尸一样回到家中，口说胡话："师父，太过分了，我恨你。"

据说，后来他经过各种调养仍无好转，经常把看护的人踢飞，所以渐渐地就没人来看他了，最后只好让亲生父母照顾大小便，一个又胖又壮的大汉竟瘦得皮包骨，悄没声息地咽了气，成为本朝二十不孝榜上有名的大横纲。

(《本朝二十不孝》，卷五之三，《自恃力大终无用》)

猴

冢

很久以前，筑前国太宰府镇有个名叫白坂德右卫门的人，此人世代经营酒铺，乃太宰府首屈一指的富翁，其女阿兰貌美无双，年仅七八岁时，见者便无不瞠目，思及自家那尚在流鼻涕的女儿，都不免大灌闷酒。镇内喜气洋洋，一派光明之象。这一年，此女已有十六七岁，身子骨生得纤弱，振袖穿在她身上似也嫌重，身周隐隐笼罩春光，连亲生母亲跟她说话，也会突然看得入迷而噤声，名花之誉举国皆闻，据说连没见过她的人也会陷入恋爱不能自拔。却说有一人名叫桑盛次郎右卫门，是邻镇一家富裕当铺的大少爷，长得虽然不丑，却是大鼻子耷眼梢络腮胡，看相貌是个平平无奇、规规矩矩的男人，但也有个优点，便是天生一口好牙。许是笑容可亲的缘故，某日同避雨成了二人的缘分，正是人不可貌相，缘分奇异而荒谬，这位少爷竟得到了被阿兰爱慕的天大福报。这个故事便由此而始。双方的父母都不知情,次郎右卫门偷偷拜托经常出入女方家的鱼贩传六,约德右卫门秘密商谈结亲之事。传六素来多有仰仗次郎右卫门家的当铺,听了这位少爷难以启齿的请求,心想对方是开酒铺的,此番若能顺利牵线搭桥,想必今后都可尽情痛饮,况且另一边典当的利息支付期限也能延后,正是大好机会,便鼓起勇气,厚着脸皮穿上死当①的纹服装模作样,连陌生人见了都难免怀疑他是哪位大人物。传六来到德右卫门家,嘿嘿怪笑,啪的一声打开扇子,称赞起庭院里的假山,对方感觉有点害怕,问他有什么事,传六不慌不忙地说没什么,没过多久便暗示了次郎右卫门的希望,甚至信口开河道:"你们是酒铺,对方是当铺,两家生意并非毫无缘分,跑去酒铺之前必然先去当铺,出了当铺之后必然会去酒铺,即譬如所谓和尚配医生,两家若能结为亲戚,则如虎添翼,镇上的人无一不将拜服。"

在传六绞尽了一辈子脑汁的拼命劝说之下,德右卫门也有点动了心:"既是桑盛先生的长子,我如何还有不满意的,对了,桑盛先生信奉哪一宗派?"

---

① 当在当铺里、超过赎取期限的物品。

"这个嘛,"面对出乎意料的提问,传六一时语塞,"我不太清楚,相信是净土宗。"

"若是净土宗,我只能拒绝。"德右卫门撇了撇嘴,显得颇为厌憎,"我家世代信奉法华宗,尤其是从我这一代,便深深皈依日莲上人,朝夕唱诵《南无妙法莲华经》之题名不曾懈怠,小女也是这样教育的,所以我不会把她嫁给别的宗派。你既然有意说媒,总该先查清楚这些事再来。"

"不,这个,我……"传六出了一身冷汗,"我家也世代信奉法华宗日莲上人,朝夕唱诵《南无妙法莲华经》。"

"胡说八道,我又不是把女儿嫁给你。倘若桑盛先生是净土宗,就算他积攒了再多的金银,就算其长子通情达理仪表堂堂,我也不同意。我不能对不起日莲上人。那么阴气森森的净土宗,究竟有哪里好,居然敢踏入我这世代皆为法华宗的家门提亲。我甚至一见你的脸就觉恶心,请回吧。"

传六狼狈退走,垂头丧气地汇报事情经过,次郎右卫门满不在乎,道:"这没什么,小事一桩,只要改变我家的宗派即可,我家世世代代不信神佛,净土宗也好法华宗也罢,都无所谓。"

他突然带回一大串念珠，朝夕唱题，还劝说父母，二老不知缘故，但出于溺爱之心，便也按儿子的吩咐，打着哈欠念诵《南无妙法莲华经》。传六再次前往德右卫门家，满面得意地告知对方，现在桑盛先生一家都信奉日莲上人，日日唱题，然而德右卫门是个难缠的人，回复很是无情："不不，不是一直信奉法华宗的，信仰都很薄弱，显而易见，他家是为迎娶阿兰才改宗换派的，日莲上人也不会有好脸色，这种事一想便知，我已决定把女儿嫁给一个信法华宗的熟悉人家。"次郎右卫门听后大吃一惊，连忙流着泪致信阿兰，说了传六一点忙也没帮上的事，以及听说你要嫁给别的法华人家，浑蛋，为了你，我每天唱诵自己并不喜欢的经名，还要敲鼓，手都磨出泡了，说起来，我这次郎右卫门之名，和东国的佐野次郎左卫门很像，其实我早就注意到了，我果然是个东西左右都嫌弃的男人，既然如此，我说不定会挥刀斩杀百人，别小瞧男人的一念之勇。很快阿兰就写了回信，说你的信完全不知所云，总之别做出挥刀之类的危险的事，别说斩杀百人了，在砍死一个人之前，你就会先被人砍死，你若出了事，我可怎么办，请别吓唬我，与别人成亲的事，我真的第一次听说，你总是在意自己的鼻子和眼角，没有自信，说这说那怀疑我，这真教我为难，事到如今我还能去哪里呢,放心吧,倘若父亲要把我嫁给别人,我不惜逃离这个家也会去找你,请记住女人的一念之勇。次郎右卫门看完笑了笑,但觉得还是不能放心,便又强行皱起眉头,暂时想唱题了,现在是真的想皈依日莲上人,便大声喊出《南无妙法莲华经》并胡乱敲鼓。

翌日,阿兰被唤至父亲的居室,德右卫门庄重地告诉女儿,他已和本镇开纸铺的彦作先生商定了婚事,这也是日莲上人的指引,要缔结难能可贵、永恒不变的婚约。阿兰大吃一惊,但她不动声色、恭谨地施了一礼后离开房间,然后飞一般跑上二楼,匆匆写下一封语无伦次的信,吩咐学徒跑去邻镇送交。信中说,来了,决定性的这一天终于来了,我打算逃走,拜托你今晚来接我,拜托。次郎右卫门粗略一读那封信,不由得浑身发抖,去厨房喝了一碗水,盘坐在房间正中央,以为这里是适合思考之所,却并无任何想法浮现,他起身更衣,去账房到处乱翻抽屉,遭到掌柜盘问,他谎称没什么事,把若干金子匆匆抛入袖中,心里紧张得已经看不见东西了,草草穿上一双木屐走出家门,半路才发现木屐不成对,却不敢回家,只好拐去鞋店,一想到身上只有这么点钱,就变得很吝啬,买了一双最便宜的草鞋，穿着那双极薄的草鞋走路，感觉就像赤脚走在地上一样，有点提心吊胆，边走边哭，好不容易走到邻镇德右卫门家的后门口，只见阿兰像箭一样冲了出来，一言不发，拉起次郎右卫门的手，当先快步前行，次郎右卫门像个盲人一样被她牵着手，跟跟跄跄地走，又大哭起来。

这个故事说到这里，只是一对不知轻重的愚男痴女演出的一场不值一提的闹剧，当然，故事至此并未结束。世上严肃的劳苦，似乎就在前头。

二人不吃也不喝，连夜走了五十多里地，望着左边铺展在眼前的碧蓝的博多海如在梦中，每次听到身后传来人的脚步声，就胆战心惊地以为是追兵，如行尸走肉般只是一个劲儿地走，跟跟跄跄地走，终于到达一地，其名盛者必衰、是生灭法的钟崎，次郎右卫门沿着钟崎的山穿过原野，去一个仅有一点交情的人家里拜访，不出所料地受到了薄情的对待，但他忍了下来，只当理所当然，用纸包了些钱递给对方，口称一点谢礼不成敬意，当天得以在仓房歇息，二人这才想到自身处境悲惨，看着彼此苍白憔悴的脸各自叹了口气，阿兰一边抚摩着自己饲养的猴子吉兵卫的背，一边抽泣连连。这只名叫吉兵卫的猴子，从小就在阿兰的宠爱下长大，见主人和男人一起连夜赶路，就恋恋不舍地跟了上来，走出近十里地时，被阿兰发现了，又骂又扔石子地撵它回去，可它还是一直跟着，次郎右卫门觉得可怜，说既然它舍不得你，那就带上它吧。只要阿兰一招手叫它，吉兵卫就高兴地跑过来，被阿兰拥入怀中，眨着眼睛目光怜悯地望着二人。现在，它已彻底变成二人的忠义仆人，又是把饭端到仓房，又是驱赶苍蝇，又是用梳子为阿兰梳拢散开垂落的头发，就算并无必要也努力帮忙，身为野兽却试图宽慰二人的孤寂。虽说是隐姓埋名之身，但也不能永远躲在狭小的仓房里生活，次郎右卫门又拿出身上的大半钱财，拜托那个薄情的熟人，在附近的空地上盖了一所寒酸的草庵，夫妻二人和猴子仆人住在那里，耕种仅有的一小块土地，种植足够供餐的蔬菜，丈夫在闲时剁碎烟叶，阿兰操纺车纺棉勉强维生，不管喜欢还是讨厌，都是年轻时的可笑的梦，纵然瞒着父母离家出走相伴为生，也没发生什么事，现在只是一个普普通通的贫困家庭，夫妻相顾早已习以为常，厨房里哗啦一响，二人就气急败坏地站起身，担心有老鼠在小豆里拉屎，秋天的红叶也好春天的紫罗兰也罢，都没什么有趣的，猴子吉兵卫认为这正是该报答主人恩情的时候，它去附近山里搜集柏树的枯枝和松树的落叶带回家，蹲在灶台下方，一边别过头去避开松叶的烟，一边手忙脚乱地用柿漆团扇乱扇一气，很快就给那对夫妻献上两杯温茶，可笑之中不乏温驯，默默无言地照顾着这个贫困之家，晚饭也很克制，只吃少量就以满足之态倒头大睡，次郎右卫门一吃完饭，吉兵卫就跑过去为他揉肩，按摩腰腿，然后又去厨房帮阿兰收拾，打碎了盘子，就显出很丢脸的神色，夫妻俩至少还有这吉兵卫陪伴，把它当成唯一的慰藉，忘记了境遇的忧愁，那一年过去后，到了第二年秋天，二人喜得一子菊之助，久违地从草庵里传出欢快的笑声，夫妻俩顿时觉得生活有了奔头，婴儿睡醒打个哈欠哭闹起来，吉兵卫也高兴得蹦蹦跳跳，进山摘来树果，让婴儿握在手里，挨阿兰骂，尽管如此，吉兵卫看上去还是对孩子稀罕得不得了，不离左右看着婴儿睡觉，婴儿一哭，就惊得它飞奔去找阿兰，拽着她的衣摆带到婴儿身边，手舞足蹈地教阿兰给孩子喂奶，然后它屈膝端坐，模样乖巧地看着婴儿喝奶，夫妻俩都笑着说得了个好保姆，尽管如此，菊之助却是可怜，倘若早一年生在故里的桑盛家，就能睡丝绢被褥，配两个甚至三个乳母，作为贺礼的小衣服自四方而来堆积如山，也能养得漂漂亮亮玉肌雪肤，一只跳蚤也不招，可惜只因晚了一年，就不得不睡在难蔽风雨的草庵里，拿树果当玩具，由猴子当保姆，而夫妻俩忘记了这是自己考虑不周的恋爱造成的，只一味地疼爱孩子，次郎右卫门也因爱子心切而发愤图强，觉得现在虽然活得悲惨，但在孩子懂事之前，必须挣得一份家产，让故里的父母亲戚们另眼相看。于是，他找邻居询问最近做什么生意好，草庵里也不同于去年，呈现出了活力，独子菊之助也长得胖乎乎的，十分爱笑，生得和母亲阿兰很像，貌美夺目，猴子吉兵卫去山野里折来一束秋草，从菊之助的脸旁伸出，逗得孩子咯咯直笑，夫妻俩毫不担心地一同去屋后田地里挖萝卜，二人沉浸在幸福的预感中，觉得这一年秋天也许有好事发生。那阵子，夫妻俩听附近的一个百姓说有赚钱的好事，便鼓起勇气，在一个晴朗的秋日，二人一同去那人家中询问详情，只留猴子吉兵卫在家，吉兵卫觉得差不多快到小公子入浴的时间了，就一脸得意地站起身，学着早先看过的女主人的做法，先在灶下生火烧水，见水烧得沸腾冒泡，就在盆中倒满滚水，也不看合不合适，就把孩子脱得精光，像煞有介事地抱了起来，模仿女主人看了看孩子的脸，轻轻地点了两三下头，然后突然把孩子直接放进盆里。

菊之助只"哇"地叫出一声就断了气，夫妻俩听到异样的叫声，对视一眼，连忙赶回家中，只见吉兵卫正在屋里转来转去，孩子沉在盆里，抱起一看，早已如一只煮熟的虾，死状凄惨，教人不忍再睹，阿兰跌跌撞撞，疯了般地哭喊，想再看一眼孩子那可爱的脸蛋，不惜以自己身死换子一命。此乃人之常情。已然没了女人样的阿兰，一把抓住呆愣的猴子，挥起柴火叫道："汝为我子敌，姑且先打杀了。"次郎右卫门也悲恸欲绝，泪流不止，但出于男人的气量，他彻悟此乃因果报应，便从阿兰手中夺下柴火，哭着劝道："你有打杀吉兵卫的想法理所应当，但为了已无可挽回之事杀生，反而对菊之助的菩提不利，吉兵卫也很可怜，它想为我等出力侍奉，但畜生的智慧毕竟浅薄。"猴子吉兵卫也在房间角落里流着泪双手合十，夫妻俩见此情形越发难受，不知前生背负了何等恶业才遭此不幸，生念已消，葬了菊之助后，双双病倒卧床不起，猴子吉兵卫昼夜不寐，勤勤恳恳地看护二人，并连续七天为小公子扫墓，折下各种花草供奉，待夫妻俩稍有恢复，在百日那天早上，吉兵卫孤零零地前去扫墓，平静地供上清水，然后用竹矛刺穿自己的喉咙死去了。夫妻俩对猴子不知所终感到奇怪，挂着拐杖先来到菊之助的坟前，一见猴子的惨状就什么都明白了。菊之助死后，至少还有吉兵卫可为依靠，但现在连这唯一的慰藉也已没了，夫妻俩不禁怨叹,小心翼翼地葬了猴子,在菊之助的坟旁建了一个猴冢,二人当场出家(写到这里,作者遇到了麻烦。是念佛还是唱题?原文有"在那庵中不断唱题,诵读法华之声不绝"。德右卫门那顽固的法华主张居然出现在此处,这个哀伤的故事似乎毁了。真让人头疼)。思及回草庵难免触景伤情,二人便踩着秋草,踏上了不知通往何方的旅途。

(《怀砚》,卷四之四,《猴子学人难成人》)

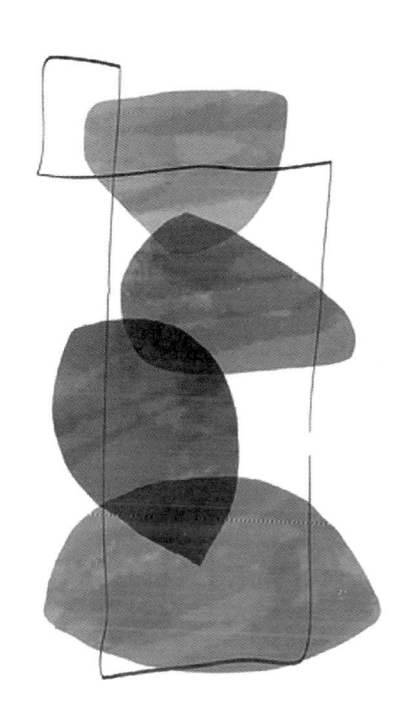

人

鱼

海

后深草天皇宝治元年[①]三月二十日，津轻大浦竟有人鱼破天荒地随浪游来，相传此鱼世所罕见，一头浓密绿发似细长海草，面如美女含愁，眉间生有鲜红的小肉冠，上身透明如水晶，色呈幽青，胸前双乳好像两颗赤红的南天竹果，下身形似鱼体，遍布细鳞，紧密无隙，宛如金色花瓣，尾鳍色黄透明，如同一片大银杏叶，其声似云雀笛歌，清澈嘹亮。总之，极北之海似乎有不少这种神奇之鱼栖息。很久以前，松前国有一中年武士，名唤中堂金内，官任浦奉行。此人有勇有胆、生性正直。某年冬天，他例行巡视松前各浦，时近日暮，来到一处名叫鲑川的入海口，在此寻求便船，想趁当日赶往下一港口，其时天空晴

[①] 公元1247年。——译者注

朗，这在北国之冬很是少见，船只起航驶入宁静的大海，离开海岸约二里远时，明明无风，海面却陡然变得波涛汹涌，船像树叶一样被巨浪抛来抛去，同船的六个客人吓得面如土色，有人喊出心爱女人的名字，高呼"永别了！永别了！"哭天抢地；有人从笈中取出《观音经》，连拿反了也不知道，恭恭敬敬地捧在掌中，直接翻开颤声诵读；有人急忙拽过装满酒的葫芦大口吞饮，说不把酒喝光死也不瞑目，还说空葫芦可以充作浮袋，并像煞有介事地将那个不足五寸大小的小葫芦炫耀给众人看；有人频频用指尖在额头上涂抹口水，也不知是何用意；有人匆忙掏出荷包数钱，嘟囔着少了一两，用讨厌的目光瞪着周围的船客；有人当此生死关头，仍因为被别人踩了脚而展开无谓的争论。众人吵嚷不休，浪头越来越高，船只剧烈地上下震动，船夫早已无力哭嚷，先倒在船底，呻吟着"原谅我"，然后像死了一样一动不动了，船客们见此情形，无不哭倒晕厥，唯独中堂金内一人，打一开始就背对船舷盘腿而坐，默然抱臂盯着前方。很快，眼前海水变作金色，五彩水珠四下溅开，与此同时，一条人鱼划开白浪现身，其形象与传说中的一模一样，那人鱼一扬头将绿发甩至脑后，水晶般的手臂在水中划了一两下，便像一条滑溜溜的蛇一样迅速靠近小船，张开红艳艳的小嘴，发出一声嘹亮的笛音。金内勃然大怒，认为人鱼堵了船路，便从行李中取出短弓，向神祷告后一箭射出，正中人鱼肩头，那人鱼无声无息地沉入波涛之中，激浪当即平息，海面恢复平静，温和的夕照斜斜地洒入船中，船夫一脸懵懂地爬起身，道："原来是做了个梦。"

金内并非那种胡乱吹嘘自己功劳的轻薄武士，他默默地微笑着，又像先前一样环抱胳膊，倚舷而坐。面如土色的船客们缓缓抬起头来，有人尖声发笑聊以遮羞，有人倒执那不足五寸的小葫芦甩动，一个劲儿地大发牢骚，说草草喝光了难得的美酒，失去了日后的乐趣，还有那八十岁的隐退老者——便是方才呼喊留在家中的年轻小妾之名的，徐徐理齐衣襟，断言道：

"太可怕了，这定是龙吸水。据相关书籍记载，龙吸水本常见于越中越后的海中，夏季最为频发，一群乌云自虚空下来，海水如被乌云吸引，逆卷而上，云水连为一柱，定睛细看那惊人之柱，其中果然有龙首龙尾历历在目，还有另一本书中记载，某人自江户乘船上京，经过东海道兴津的洋面时，有一群乌云自虚空而降，向船飞来，船夫大惊，道：'这是龙要卷起此舟，须立刻把头发剃光烧掉。'所有船客都剃光头发投入火中，顿时臭气腾腾，直冲云天，乌云当即散去。可惜老朽已不再年轻，不然方才定当剃光头发。"说完，老者一本正经地摸了摸秃头。

"哦，是吗？"持《观音经》那人极尽不屑之色，别过脸去随口附和了一句，又小声咕哝，"肯定都要归功于观音之力。"然后像煞有介事地闭目唱诵南无观世音大菩萨之名；还有人在自己怀中发现了少去的一两金币，狂喜大叫"啊，钱找到了！"金内一言不发，只是面带微笑，很快船摇摇晃晃地进了港口，众人不知他们的救命大恩人就在眼前，互相庆祝后便上岸而去。

不久，中堂金内回到松前城，向上司野田武藏详细汇报了此次巡视各浦的结果，待公事已毕，方闲聊起旅途见闻，金内原原本本地说了人鱼的事，语气平淡，毫无夸张之处，武藏早就熟知金内的正直性格，所以对那不可思议的人鱼深信不疑，拍着大腿道："这是近来鲜闻之事，尤其是你表现得沉着勇武，我要立刻把你的义举上报城主。"金内红着脸刚说了一句"不不，此事不值一提"，就被武藏打断，他斩钉截铁般断言道："非也，这是自古未有的大功勋，也能激励年轻的家臣。"

说完，武藏便催促着茫然无措的金内一同拜见城主，恰巧家臣中的各位要员也在，野田武藏声称各位大人都该听一听世上罕见的功勋，然后便抖擞精神，逐一讲述金内的旅行奇谈，以城主为首的众人纷纷前探身子侧耳倾听。其中有一人名叫青崎百右卫门，借了父亲百之丞作为松前家老效忠尽勤的光，在父亲殁后，直接子承父禄，明明没有任何功绩，却被委任为要员之一，以自己的高贵出身为傲，蔑视同辈，宣称暴发户的女儿进不了我青崎的家门，至今仍未娶妻，过着穷奢极欲的日子，今年四十一岁，声称最近有意娶妻，却没人愿把女儿嫁给他，这是他自己太过高慢的报应。可他动不动就跟别的家臣说"世间果然无趣"，惹人反感，他身高近六尺，极度消瘦，十指细长似笔杆，一对深深凹陷的小眼睛发出令人厌恶的青光，大鹰钩鼻，脸颊内陷，嘴角下撇，活似地狱里的青鬼，遭到所有家臣的嫌弃，眼下武藏尚未讲至一半，这百右卫门就发出一声嗤笑，"喂，玄斋，"他很随意地对团缩在末座的司茶人玄斋道，"你觉得如何？把如此荒谬的故事特意禀告给城主，你不觉得有点不谨慎吗？世上没有怪物，没有神异，猴脸定是红的，狗必然有四条腿，还说什么人鱼，又不是童话故事，都是老大不小的高官显贵，居然像煞有介事地惊讶于什么长在额前的红肉冠。"他的声音越来越大，旁若无人，"喂，玄斋，就算有人鱼之类的怪鱼住在北海，要射中那种自古未有的妖怪，没有神通可不行，光靠寻常的武夫蛮力是无法逼退对方的。鸟有羽鱼有鳍，无论如何，射中天空飞翔的小鸟或水里游动的金鱼都不是一件容易的事，而要逼退那种上身是水晶的怪物，首先得有弓矢之神八幡大菩萨、赖光、赖纲、八郎、田原藤太等人加在一起的力量，不然是无法成功的。唉，事实胜于雄辩，我家泉水里的金鱼，你应该也知道吧，它们在那一点点浅水里快乐地游来游去，前些日子我太无聊了，就用小短弓对准金鱼射了两百支箭，结果无一命中，区区金鱼尚且如此，更别说人鱼了，金内大人多半是在海上突遭旋风，惊慌之间，射中了随波漂来的腐木，也算万幸了。"百右卫门抓住困窘无措的司茶人，大发冷嘲热讽之言，连城主都听得见。

野田武藏忍不住了，猛然转身直面百右卫门，"那得怪阁下无知。"他似乎对百右卫门平日里的傲慢嚣张感到郁愤难平，语气咬牙切齿一般，"阁下仅凭一知半解的认识，就敢装模作样大放厥词，说世上没有神异之事，没有怪物，殊不知日本国乃是神国，当然存在超越日常道理的神异之事，昭昭不可胜数，岂能以阁下宅中的浅薄泉水相比。神国三千年，山海万里之间自然不无珍奇生灵，便在古代，仁德天皇之时，飞驒有一身两面之人出没；天武天皇在位时，丹波山家现十二角之牛；文武天皇之时，庆云四年六月十五日，有高八丈宽一丈二尺的一头三面之鬼自异国而来。这些事既然存在，则人鱼之事便不该怀疑。"武藏口才便给，侃侃而谈，百右卫门本就苍白的脸变得更无血色，语气可憎地道："你那才是一知半解。我不喜争论，争论乃身份粗鄙之辈、急功近利之徒所为。又不是小孩子，就算空论一番争得青筋突起，结果也只会使双方更固执己见。争论太无聊。我并不是说这世上没有人鱼，只是说不曾见过而已，金内大人若能带着那人鱼前来邀功就好了。"

武藏大吼一声，膝行逼至百右卫门近前，"武士重'信'，而你不曾亲睹就不信？哎呀呀，如此心魂何等可怜。心中若无信，这世上还有什么实在之物呢。见亦不信，则不见亦等同于假寐之梦。实物的承认发自信，然信乃以心中的爱为根源。阁下心底丝毫无爱，没有信义。看哪，金内大人遭了阁下的毒舌，早已浑身颤抖，流下血泪。金内大人与阁下不同，他从不说谎。金内大人平日里有多么正直，阁下不会不知道吧？"

百右卫门却不理他，"哎呀，城主起身离座，怕是不高兴了。"他语气凛然，冲离开的城主下拜，"哎呀呀，这些蠢货真教人头疼，"他小声嘟囔着站起身，"接下来的话可能会让你们气急败坏，但恕我直言，像煞有介事地传播梦谕和迷信以蛊惑世人的，全是所谓正直人士。"说完，他像猫一样足不出声地退去了。其他要员们，或是厌恶百右卫门的坏心眼，或是不喜武藏的侃侃而谈，觉得二人半斤八两，还有人打了个盹，根本不知二人为何争论，茫然起身，一个两个纷纷离去，最后只剩武藏和金内，武藏很不甘心，咬牙切齿，"是我多嘴了，金内大人，还请见谅。你也是武士，想必已有觉悟，无论何时何地，我武藏都站在你这边。无论如何，不能放过那家伙。"金内听了越发悲怨，一时无言，默然恸哭。不幸之人，得到他人的庇护和同情时，往往并不觉得开心，反而越发痛感自身的辛酸和不幸。

金内哭得昏天黑地，醒悟到自己现在已经无路可退，他攥着拳头擦干眼泪抬起头，一边犹自抽泣一边说道："不胜感谢。方才百右卫门的种种辱骂，我难以置若罔闻，金内不才，气得快要炸开了，但在城主面前，只好忍了又忍，一直不甘流泪，但我已下定决心。现在追上去，将那百右卫门一刀砍死，固然最为容易，但如此一来，家臣会说，金内是被百右卫门识破谎言，气不过了，这才拔刀伤人，而我遇到人鱼的事也就越发变得可疑，最终难免也给阁下添麻烦，反正我已成无用之身，不如再苟且偷生一时，回鲑川入海口调查一番，发誓决不放弃，待找到那条人鱼的尸体，证明我金内武运未尽，我定将尸体带回来给所有家臣过目，然后我将再无顾虑，便可杀死百右卫门，再欣然切腹自尽。"

武藏洒下同情的泪水，"对不住，都怪我多事，逼你向城主邀功，无端起这口角，害你赔上性命。原谅我，金内，来生别再生为武士了。"他别过脸去站起身，"家里你不必担心。"说完，便退出了大厅。

金内的妻子早在六年前就已病逝，如今家里除他之外只有二人，一个是他女儿，名叫八重，年方十六，肤色白皙，五官秀丽，体形高大；另一个是个婢女，名叫阿鞠，二十一岁，身材娇小，聪明伶俐。当日，金内强作欢颜回到家中，只告诉女儿："父亲马上又要出门，这次旅行恐怕耗时颇久，我不在时你要多加小心。"然后把积攒的金币几乎全部揣在怀里，逃一般地冲出了家门。

"父亲好奇怪。"八重送走父亲后，对阿鞠道。

"是的。"阿鞠平静地表示同意。金内不擅长骗人,再怎么强作笑颜也没用,连十六岁的女儿和婢女也瞒不过。

"他带走了很多钱。"连金币的事也暴露了。

阿鞠点了点头,像煞有介事地嘀咕道:"看来事情并不简单。"

"我感到心惊肉跳。"八重手捂胸口。

阿鞠迅速系上束衣袖的带子道:"不知会发生什么事。现在马上把家里内外打扫干净吧,免得外人来了有碍观瞻。"

这时,要员野田武藏身着便装悄然而至,连随从也没带一个,"金内大人走了吗?"他小声问八重。

"是的。他带上很多钱走了。"

武藏苦笑道:"也许会是一个漫长的旅程。他不在时,你若遇到任何难事,都可来找我武藏商量,不必客气。这是暂时的一点零用钱。"说完,他放下很多金币便离开了。

如此一来,八重更加明白父亲肯定出事了,她毕竟是武士之女,当晚睡觉时紧抱匕首,衣不解带,身子蜷成一团。

与此同时,出发寻找人鱼的中堂金内来到鲑川入海口,将村里的渔夫统统召集起来，把身上的金币都给了他们，道："我不是以官家的名义给你们下派差事，而是我中堂金内一人的大事，是我私人的恳求。"他耿直地表明了公私之别，然后红着脸苦笑一声，有点结巴地、怯生生地说开场白："你们或许不信，"然后讲述了前些日子的人鱼的事，"金内以命相托，请务必从这入海口的水底找出那条人鱼的尸体，好让某人瞧瞧，不然我金内身为武士将颜面无存。我对这大冷天感到遗憾，但恳请你们尽全力找出那条怪鱼的尸体。"

他站在霏霏大雪狂舞的荒矶上涩声恳求，渔夫中的老人们深信并同情他，青年们则怀疑人鱼一事是否为真，但即便如此，在一点好奇心的驱使下，他们姑且还是撒下了大网，在入海口的水底搜寻，但网到的尽是些鲱鱼、鳕鱼、螃蟹、沙丁鱼、比目鱼等常见鱼类，不见那种怪鱼。第二日、第三日，全村出动，把船开到入海口的水面上，顶着寒风又是撒网又是潜水，费尽千辛万苦搜查，却均告徒劳无功，年轻人开始发牢骚了："你们看那个武士的眼神，怎么看都不正常。他是个疯子，听疯子的话在这大冷天里下海实在太蠢了，我已经放弃了，比起漫无目的地在海里寻找人鱼，我更喜欢抱着村里的人鱼取暖。"他们站在岸上的篝火前，大声开着低俗的玩笑，哄然大笑，金内独自伤心，装作没听见，一心向龙神祈祷：只要现在从这入海口找到那条人鱼的哪怕一枚鳞片、一根头发，我的颜面自不必说，武藏大人的名誉也能得以保全，我俩大可尽情痛骂百右卫门，问问他可还记得事关信义的一刀，然后当头施以天诛，一雪心中怨恨。

他伸长脖子望着大海，老渔夫见他模样可怜，不由得眼含热泪走到近旁，拂去他肩上积落的细雪，讷讷地拼命安慰道："没事的，别管年轻人怎么说，我们相信，被武士大人射杀的人鱼就沉没在这片海域。这一带的大海里，自古就有各种神奇的鱼，年轻人不懂。我们小时候，就在这片海域，曾出现一条名叫'翁'的大鱼，引起了轩然大波。不是瞎说，它体长达十几里，不，也许更大，没人见过它的全貌。那鱼现身时，海底巨响如雷，海面无风起浪，连鲸鱼之类的庞然大物也四散逃避，渔船上的人也互相叫嚷着'啊，翁来了'，迅速把船划回海滩，很快，翁就浮上海面，看上去就像海上突然冒出好多个大岛，那是翁的背脊和鱼鳍一点点露了出来，整体大小远远不止如此，根本无法估量。据说翁对小鱼不屑一顾，专以鲸鱼为食，将二三十寻长的数条鲸鱼一口吞下，就像鲸鱼吞下沙丁鱼一样，场面相当壮观。所以，只要海底一响，鲸鱼就知不妙，开始四散逃窜。由此可见，可怕的鱼是有的。自古以来，虾夷的海就有各种类似这种怪物的鱼，武士大人您讲的人鱼故事，我们一点也不惊讶，它肯定就在这入海口，没什么不可思议的，毕竟是连体长十里的翁都能畅游的浩渺大海，尸体当然不容易找，但我们一定找到，让您保全颜面。"金内感受到对方的善意，心下越发不安，啊啊啊，自己终于成了受这种老翁悲悯的境遇无常之人吗？从这老翁的安慰话语背后，能感觉到几许绝望、放弃的气息。

金内甚至心生偏见，粗暴地站了起来："拜托！我的的确确在这入海口射中了一条怪鱼。我向弓矢之神八幡大菩萨发誓。拜托，再努力一点，哪怕找到那条人鱼的一枚鳞片、一根头发也好，"撂下这番话，金内踢开积雪跑到水边，抓住正准备回去的渔夫的胳膊，眼神一变，恳求道："拜托，再找一次。"渔夫们先收了钱，已经渐渐失去了热情，又好像有点过意不去，就在岸边的浅水里撒了撒网，然后一个接一个地离去了，不知不觉间，岸上连一条狗也没了，随着太阳落山，四周一片昏暗，朔风越刮越猛，但纵然变成暴风雪，连眼睛都睁不开了。

金内仍像鬼界岛的流人俊宽①一样，在海滩上不顾水浪湿足一直徘徊游荡，彻夜不归，他从一开始就决定睡在靠近水边的船屋里，稍微打个盹，天还没亮就跑回到水边，见到漂来的藻屑也惊喜万分，以为是人鱼的头发，但很快就大失所望，撇嘴欲哭；浮在岸边的腐木他也怀疑，哗啦哗啦地下海蹚水走过去，又徒劳地折回。自打来到这里，他都没吃多少东西，一心只念着"人鱼快出来，人鱼快出来"，心魂逐渐变得朦胧反常，怀疑自己当真见过人鱼吗，一箭射中根本就是假的吧，只是一场梦。他站在空无一人的白皑皑的荒岸上，独自放声大笑，心想：唉，当时我若也和船客们一样轻易昏倒，不曾见过人鱼就好了，只恨心志太强，目睹了世间神异，以致身陷困境，真羡慕世上的俗人，他们对任何事都不闻不问，一无所知，自以为是地过活，而那些目睹过的人，会立刻像我一样坠入这般地狱，也许我从前世起就背负着某种可怕的宿业，也许我这条命继续活着也毫无意义，也许生辰八字已注定我只能悲惨地死去，不如舍身在这片荒滩，来世转生为人鱼。金内垂头丧气地在水边

---

① 俊宽（1143—1179），平安时代后期的真言宗僧人。因参与讨伐平氏密谋，被捕后流放至九州西南海上的鬼界岛，最终亡于该地。——译者注

晃荡，看上去仿佛被死神附体了，但他还是放不下人鱼的事，侧目望着随天色逐渐泛白的海面，神色严肃地叹了口气，不甘地心想：唉，若换成那位老渔夫说的名叫翁的大鱼，至少找起来还容易。可怜这位勇士也方寸大乱，看上去几已神志不清，甚至活不过一两天了。

家中的女儿八重，朝夕拜神求佛，祈祷父亲平安，可是三天过去了，四天过去了，饭碗摔碎了，草鞋带断了，庭中松枝被一点点雪就压折了，不祥之事接连发生，她再也耐不住了，一晚偷偷去了武藏家，听说父亲在鲑川入海口，就连夜收拾行装，和婢女阿鞠借着雪光上路，追寻父亲去了。主仆二人或在民家檐下休息，或在海岸的岩洞里相互依偎，听着涛声打盹小憩，八重那原本丰盈的面颊已然消瘦，即使互相鼓励着赶路，积雪的道路毕竟难行，而女孩脚力太弱，好不容易才在第三天傍晚，跟跟跄跄地来到鲑川入海口，天哪，只见可怜的父亲躺在粗草席上，尸身早已冰冷。据说那天早上，金内的尸体就漂在入海口的岸边，头上沾着一堆海草，酷似他自称见过的人鱼。二女分从左右紧紧抱住尸体，一言不发放声恸哭，连狂野的渔夫们也别过脸去不忍目睹。母亲早已离去，如今又被父亲抛下，八重

067

哭得死去活来，很快就下定决心，抬起苍白的脸说了一句话：

"阿鞠，我们也去死吧。"

"好。"

二女静静起身，就在这时，伴随着一阵嗒嗒作响的马蹄声，野田武藏那粗犷而可靠的声音传来："等等！等等！"

武藏下了马，对金内的尸体鞠了一躬道："唉，事情终于发展到了这一步，好生无趣。好吧，如此一来，再不用考虑狗屁的人鱼之争了。"武藏很生气，真的很生气，而生气时的武藏是完全不讲道理的。管他合不合道理，人鱼什么的根本不重要，有没有都一样，现在只要把那个可恨的家伙一刀切成两半。"喂，渔夫，借马一用，给这两个小姑娘骑。快快找来！"他迁怒起来，大喊大叫，势头控制不住，又瞪向八重和阿鞠，"我看不惯那副哭丧脸。你们不知道有仇人吗？现在立刻骑马回城，冲进百右卫门的宅子，割下他的首级高高举起，以慰金内大人在天之灵，不然别说你是武士的女儿。别哭哭啼啼的！"

"百右卫门？"婢女阿鞠暗暗点头上前，"是那个青崎百右卫门吗？"

"没错，当然是他。"

"我想起一件事。"阿鞠恢复了镇定，"那个青崎百右卫门，明明一大把年纪了，却老早就爱慕小姐，多次上门提亲，很是烦人，小姐曾说，宁死也不愿嫁给那个鹰钩鼻，因此，老爷也就——"

"是吗？这样一来事情就清楚了。那家伙又说自己一辈子都是独身主义，又自称讨厌女人，原来却是背地里被甩了，吊儿郎当的家伙，老子越发瞧不起他，居然因为恋爱不成私下报复，欺辱金内大人，惹人厌憎之余，却也万分可笑！"武藏已提前高唱凯歌。

当晚，以武藏为先锋，二女手持长刀，冲入百右卫门家中，先是武藏一刀挥出，斩断了正在里屋和小妾饮酒的百右卫门那细瘦的右臂，百右卫门毫不畏怯，用左手拔刀对峙，阿鞠欺身上前，一刀断其双足，百右卫门跌坐在地，却仍毫不示弱，猛然挥刀砍向八重，武藏惊出一身冷汗，一刀劈中对手左肩，百右卫门招架不住，仰天摔倒，但仍未死，身子扭动如蛇，发动最后一击，对准八重掷出锋锐的飞镖，八重连忙侧身险险避过，而百右卫门执念之深，令八重和武藏不由得面面相觑。

终于如愿以偿地割下了仇人的首级，八重和阿鞠急忙赶到金内长眠的鲑川岸边，武藏则回到自家宅中，写下了这次杀人事件的始末详情，为自己未经城主许可就诛杀了百右卫门的大罪道歉，最后还把所有责任揽在自己身上，然后吩咐侍从明天立刻把这封书信呈给城主，随即毫不犹豫地切腹自杀了。不得不说，他是一个很有气魄的武士，行事果敢痛快。二女将百右卫门的首级供在金内的尸体前，依依不舍地下葬后，回到家里，关上房门，等待城主的裁决，虽是女子，却换上了洁白无垢的衣服，做好了切腹的觉悟，而城中，要员聚首经过商议，认定百右卫门才是世上罕见的恶人，既然武藏已经自决，这场私斗便属无妨，这一结果已获城主认可，二女反而受到城主褒奖，认为她俩出色地报了父亲和主人之仇，勇气可嘉，遂将八重许配给要员伊村作右卫门的小儿子作之助，继承中堂的家名，婢女阿鞠许配给步行目付户井市左卫门这位年轻英俊的武士。约百日后，北浦春日明神海岸于深夜向城中紧急呈报，有一具不可思议的骨架被海浪冲到了岸边，腐肉已被冲刷殆尽，只剩一副骨架，上身几乎与人无异，下身则和鱼一模一样，由于实在恐怖，令人毛骨悚然，这才紧急呈报。城主立即派奉行赶赴现场检查尸骨，在那副奇异骨架的肩头，果真发现了刻有中堂金内之名的箭矢。这一结果令八重家在那个春天显得死气沉沉。特此，说明"信"的力量获得了胜利。

(《武道传来记》，卷二之四，《掠夺性命人鱼海》)

破

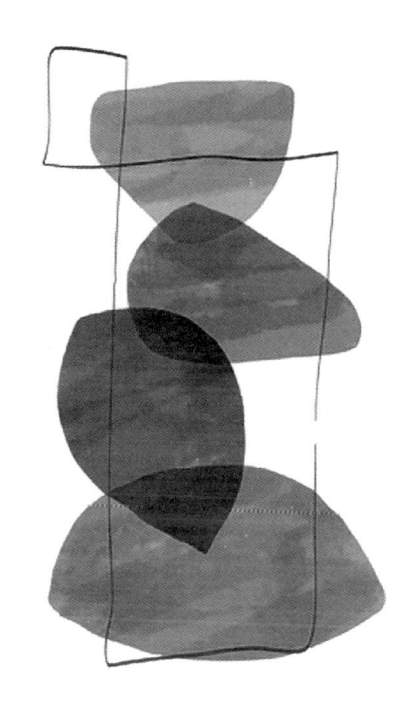

产

很久以前，美作国有一个名叫藏合的大富翁，其家宅豪华宽广，内有一排九间大仓库，库中金银无算，四邻诸国无人不知，美作国人将藏合的巨大财富——尽管那并非他们的钱——引以为傲，在幽暗的酒馆里喝一点浊酒，便落寞地相视而笑，醉醺醺地用悲惨的旋律哼唱卑屈的小曲：

虽不及藏合先生，至少成为万屋也好呀。

曲中出现的万屋，是美作国继藏合之后的又一大富翁，仅这一代家主积蓄的金银，就不知有多少万两、多少千贯，而且他并不像藏合筑建起雄伟的城郭，而是和附近的泥瓦匠、木炭商、造纸匠一样，住在屋檐低矮的旧宅子里，每天一大早就清扫家门前的道路，拾集马粪、绳子和零碎木块，从不轻易丢弃。无论世间流行何种染色或花纹，他始终只穿一件素色土布和服，五十年来，每年元旦拜见老丈人时，他都穿同一条麻布裤裙去见礼，夏天只穿一条兜裆布，将浴衣珍而重之地卷在脖子上，去邻居家讨澡洗，有郊区百姓来卖第一茬的茄子，一个两文钱，两个三文钱，大家都说吃了当年第一茬的果实能多活七十五天，纷纷花三文钱买下两个，而家主的智慧果然非凡，他花两文钱买了一个，希望吃了这个能多活七十五天，打算用剩下的一文钱待茄子大量上市后再买许多更大的，如此精打细算，金银增殖不休，以至身家巩固，如有鬼神暗助，平生最厌酒色，恨透了那个写下"滴酒不沾可破例，如是方为好男儿""男人不能解风情，一如美玉有瑕玷"的法师①，只可惜对方如今已不在世，否则就算打官司也必定不肯放过。十三岁的儿子手捧《徒然草》刚开始读，他就一把夺过，咔哧咔哧地撕破，却不扔掉，而是抻平纸上的褶皱，剪成细长条，做成纸绳，麻利而灵巧地编出五十组外褂系带装在抽屉里，作为一家人今后十

---

① 吉田兼好（1283—1352），镰仓·南北朝时期的歌人、随笔家，出家后又称兼好法师。这两句均出自其名著《徒然草》。——译者注

年的日用品。他儿子名叫吉太郎，肤色白皙，体态纤弱，早就令他看不惯了。吉太郎十四岁时，他见儿子把一张柔软的揩鼻涕纸揣在怀里，就当场宣布废嫡，称儿子没有前途，并恶狠狠地告诉儿子，播州有一位名叫那波屋的大富翁，生活节俭，你当偷偷向他学习改掉性子，说完就把儿子撵到播州网干的乳母家，自己一滴泪也没掉，之后，他领回妹妹的一个儿子，直到二十五六岁都把他当伙计一样使唤，偷偷观察其举止态度，结果欣喜地发现，这是个很少见的知道节约的年轻人，穿坏的草鞋他都不扔，攒着用作田地的肥料，甚至托人带给乡下的父母，所以家主非常中意，将其认作养子托付家业，又问他想要什么样的媳妇，养子答道："就算娶了媳妇，我又不是木石，到了三四十岁说不定就会突然移情别恋。不，人类这方面的事我不懂，届时一旦妻弱夫强，便难免拈花惹草，所以我想娶个疯狂爱吃醋的老婆，一旦丈夫有了外遇，妻子就会抄起菜刀挥舞的那种，这样一来我的余生便可保安全，而您的家财也能万代不败。"家主一拍大腿，乐得眼睛眯成了一条缝，立刻四下安排，找到了一个称心如意的姑娘，那姑娘年方十六，性格古怪，即使父亲跟九十岁的祖母说话时间长了，她也会勃然变色，眼梢高高吊起，拦在父亲身前大骂："下流！住口！"家主让养子迎娶了这姑娘，自己和老妻隐居起来，毫无顾虑地将家中金银统统留给了养子。这养子虽然天生节俭，世所罕见，但骤然间得到了难以估量的无数金银，终究不免兴奋难捺，别说四十岁了，不到三十就以应酬为名爱上了喝花酒，一反常态地开始梳头拢发，买袜子、草鞋都要仔细斟酌，妻子当即变了脸色，吊起眼梢，大吵大闹，"哎呀哎呀，下流。一个大男人，居然给一头卷发抹油，还照镜子，不是抿嘴作态，就是莞尔一笑，要么装出不情愿的模样，演着荒唐的独角戏，你这到底是想练习什么？你没疯吧？我知道，下流。我乡下的父亲说过，男人就该穿着种田的衣服，指甲缝里塞满泥巴，眼屎也不擦，挑着粪桶去寻花问柳，当以此为荣，做不到这一点的，都是想吃软饭的家伙。看你总梳弄你那一头卷发，也是想去烟花巷找个年老色衰的妓女吃软饭吧，我知道。你这吝啬鬼，当然要尽量不花钱，哭着求老妓养你，再伺机从她那里骗取零用钱。不，我知道，你若不服气，就挑着粪桶出门吧，做不到吧？你怎能做出那种雌雄莫辨的表情，对着镜子作笑，啊，恶心，有时间做这种事，不如把鼻毛剪一剪，都冒出来了。你若不服气，就挑上粪桶。"声音之大，几乎震破左邻右舍家中的纸门。尽管这样的妻子是他早就想要的，目的就是希望她在这种时候妒心发作，可是真的这么大吵大闹吃起醋来一看,他心里并不舒服,如今已暗自后悔当初为了讨好养父母,竟一本正经地说出想娶个妒心强的妻子,实在荒唐。他也想揍妻子一顿,可只要妻子妒心发作,那一对隐居在厢房里的老夫妇似乎就高兴得不得了,老两口一齐跑到正房来,笑呵呵地打圆场说"算了,算了",然后便深情地盯着儿媳的脸,所以他不能打她,而挑着粪桶去找女人,他又觉得实在太蠢,于是为泄愤就去了澡堂子,在浴池里泡了很久,几至头晕目眩,跟跟跄跄地爬出浴池,心里不肯服输,便找了个莫名其妙的歪理,心说世间最廉价者莫过于洗澡钱,今晚倘若去找女人,怎么也得损失一两,被热水泡醉也好,被花酒灌醉也好,结果都一样。就这样,他故意逞强揉着胸膛回到家里,为免看到妻子的脸,吃晚饭时埋头喝了二两酒,觉得实在无趣,便破罐破摔地一阵狼吞虎咽,然后一头躺倒,喊来经常出入自家的老花匠太吉,让对方讲美作国的十大怪谈,但他早已听过五十遍了,就枕着胳膊望着天棚左右打量想别的事,忽然,他好像有了主意,喊来丫鬟给他揉脚,再看妻子,脸上怒相已显,遂喝令妻子:"喂,端茶来",让妻子端着茶碗,自己仍旧躺着,手也不伸,只稍稍抬起头,咕嘟咕嘟地喝,又抱怨茶太烫,乱发脾气,但只要一家之主不去夜游,家中便井然有序,老夫妇笑眯眯地安然酣睡，仆人因家主在家而紧张起来，没有学徒再外出去姑母家，也没有女佣再赖在后院的水井旁像在等人似的晃悠；掌柜在前屋账房里装老实，把流水账乱翻一气，无意义地噼里啪啦拨打算盘，起初纯是敷衍，但算着算着，就发现了些许可疑之处，遂认真起来重新核对，小伙计长松规规矩矩地坐在一旁，一面强忍着打哈欠的冲动，一面将废纸的褶皱抻平，做成习字簿，困得实在不行了，就赶忙拿出读本，大声朗读"德不孤，必有邻"，连后屋也听得清清楚楚；男仆九助将破烂的粗草席拆散，搓成钱绳；女仆阿竹努力抬起沉重的屁股，进入地窖寻找青菜，好制作早饭喝的酱汤；缝纫女工阿六佝偻着坐在灯笼的阴影里，专心致志地拆衣解线；就连猫儿，也两眼放光保持着警惕，厨房里只要有一点轻微的响声，它也会喵喵地叫。这个家族的财富不断增殖，长久安泰无事，唯独年轻的家主快快不乐，妻子每晚的私房话不是酱腌菜就是咸鱼骨，扫兴程度几乎令他惊呆，好不容易有了一大笔钱，却因娶了个生性善妒的妻子，不得不在浴池里泡到头昏眼花，还得听妻子唠叨酱腌菜和咸鲑鱼，他不由得心生歹意，只盼老夫妇马上死掉，表面上若无其事照常劳作，暗地里寻找着合适的时机。不久，隐居夫妇也到了寿数，老父留下"抽屉里还有六根纸捻的外褂系带"的遗言先往生了，老母则因抽屉里只有四根系带而忧心成疾，很快就追随丈夫而去。这个家里再无顾忌之人，名副其实地成了年轻家主的天下，他带着善妒的妻子先去伊势神宫参拜，顺便到京都和大阪逛了一圈，让妻子见识了京城的奢华风俗，并带她看了一出戏——丈夫只因有一个庸俗的妻子，最终落得杀人入狱的下场——借此暗示妻子应该控制妒心，还给她买了许多京都流行的华衣和腰带，妻子出于女人那可怜的攀比心，不想回国后输给京城的人，于是打扮得漂漂亮亮，老老实实地练习茶道、插花等，并意识到说私房话时提起米酱之事太俗气，也明白了没人会挑着粪桶去寻花问柳，尤其知道了善妒是可鄙的，为此深感羞愧，"我也不觉得善妒是件好事，只因父母喜欢，我才会大喊大叫，对不起，"连讲话口吻也变得明事理了，"都说外遇是男人的工作呢。"

"没错，没错，"男人大力附和，"关于这点，"他做出一本正经的表情，"最近，养父养母相继去世，我总觉得心里不踏实，身体也出现了不适。俗话说'男人二十走厄运'嘛。根本没有这一说，我想上京散散心。"真是岂有此理。

"好的，好的，"妻子露出春风骀荡的神色，甚至说出很出格的话来，"一年也好两年也好，请慢慢调养。你还年轻呢，现在就开始精打细算过吝啬的生活，可活不长。男人可以从五十岁开始吝啬，三十岁太早了，不体面。那种人在戏里就是反派角色。年轻时就该尽情地玩。我也打算玩，你不介意吧？"

丈夫越发兴奋，"当然可以，当然可以。凭我们的财产，再怎么玩也不要紧。库里的金银也该见见阳光了，不然多可怜啊。那我就恭敬不如从命，用一年时间去京都和大阪散心。我不在家时，你尽量早睡，吃点好的。我会不断给你买京城流行的衣服和腰带寄回来。"他措辞异常温柔，心怀却是叵测，慌慌张张地去了京城。

妻子独守家中，每天睡到晌午，起床后便召集邻居家的太太们聚众欢宴，珍馐佳肴堆积如山，她沉醉于各位太太那显而易见的恭维话，衣服天天不重样，连内衣也一日一换，站在场中搔首弄姿，沐浴着众人的称赞。掌柜趁着忙乱，将主家的钱拼命搬回自家；小伙计长松从早到晚赖在厨房，把头探进食柜偷嘴；男仆九助躲在仓房里闭门不出，喝着浊酒醉眼迷离，念佛似的哼唱小曲；女仆阿竹对着镜子脱光上身，一副角力士玩划拳时的打扮，往脸上胡乱抹粉涂妆，画得像个怪物似的，不由得嫌弃自己的脸,抽抽搭搭地哭起来;缝纫女工阿六把夫人的旧衣服塞进自己的行李箱,四下打量一圈,取出烟袋开始抽烟,半蹲半坐着,从鼻孔里喷出两股浓烟,双手揣在怀里走出后门,这一去直到深夜再没回来;猫也懒得捉老鼠,躺在灶旁拉屎。屋里蛛网遍布,院中杂草丛生,先前的秩序尽遭破坏,荡然无存,而老爷人在京城,初时还像个乡下人,缩手缩脚地去烟花巷,享受着吝啬的嬉戏,但被那些生来只为说奉承话的妓女不遗余力地连番一吹捧——"要是所有客人都像老爷您一样,就没有比我们的生意更轻松的了。您仪表堂堂,年轻沉稳,温柔体贴,高雅寡言,落落大方,身手不凡,为人可靠,衣着华美,心思周密,而且,呵呵呵,既有钱又豪爽。"——便丧失了深思熟虑的理智,坚信天下第一大富豪也许指的正是自己,逐渐大着胆子挥霍起来,以为金钱这种东西是为了使用而存在的,就该尽情地花,于是大把大把地挥金如土,又让人从故乡寄来一大笔钱,如此一来,寻花问柳何谈散心,完全成了不想输给京城嫖客的苦事,他眼神都变了,脸也苍白消瘦,欲罢不能,只想一个劲儿地花钱,不出一年,深不可测的财力便告枯竭,老家来的使者在老爷耳边低声说"已经只剩这些了",老爷不禁愕然,"应该尚未用去百分之一呢,啊,难道是金币长出了翅膀吗?

消失得太快了，好吧，接下来且看我一展才能。靠养父传下的财产耀武扬威终是卑怯之举，男人还得白手起家才行。钱没了，我反倒觉得痛快。"他嘴硬不服输，发出空虚的笑声，显得异常亢奋，"来，今晚让我们痛饮最后一场。"然而，娼妓却不近人情，都不作声了，很快便一个两个地起身离去，有人吹熄了蜡烛，房间里一下子变得昏暗，他心下不安，拍手喊着"上酒上酒"，却无人理会，不久，老鸨走来站在廊下，像面对陌生人一样毫不客气地道："今天是官差巡视的日子，请保持安静。"老爷惊呆了，起身夸奖老鸨："不愧是京城，太薄情了，反倒教我心情畅达，很好。"本来这个男人也不寻常，是那吝啬的万屋大老爷相中之人，"嘿，钱这东西，只要想赚，多少都不在话下，我这就回老家拼命干活，挣一份更胜从前的大财产，然后再来京城，教你们为今日的薄情寡义付出代价，老鸨，在那之前你可别死，等我回来报仇。"他在心里丢下这些台词，便大踏步地离开了那家熟悉的窑子。

男人回到老家，首先喊来掌柜，道："听说家里没钱了，其实不对，怎可轻易断言，万屋的财产号称有鬼神暗助，一两年内不可能败光，你什么也不懂，从今往后我来管账，你只管看着就行。"随即,他将店铺改头换面办成钱庄,事事亲力亲为,昼夜不眠多方奔走,果然万屋的信用极受世人看重,许多人并不知晓他如今已然身无分文,都放心地存入金银,这些钱左手进右手出,经过多方周转,交易规模越来越大,并未被人识破,三年后,虽仅是表面风光,倒也恢复了不弱于前的势头,他一时志得意满,欲于来年再度上京,尽情羞辱那些薄情妓女,一雪前耻。是年年底,他顺利付清了所有的账,尽管一文钱也没剩下,却仍在妻子和掌柜面前自鸣得意,"这便是聪明商人的手段,商人最重要的是表面上的信用,有什么事当场解决,纵然内库空空如也,只要这个年关不露马脚,妥善周转,到来年不用吃喝,人们自会争先恐后蜂拥而至抢着存钱,所谓富翁,说的就是我这种擅长拆东墙补西墙的人。"有货郎上门兜售新年饰物,一个三文钱,他大笑道:"如此廉价的饰物该去卖给那些小店,你登错门了。"撵走了人,却不免后怕,心想别说三文钱了,我家里一文现钱也没有啊,这才体会到难堪,遂期盼除夕钟声快快敲响,不大工夫,只听"铛"的一声,除夕钟声响起,不啻万金之重,他不禁喜上眉梢,"好,这就好了,老婆,明年我还带你上京。这两三年,我让你丢脸了,但现在怎样,看到你男人的能力了吧,重新迷恋我吧,歌中唱道'滴酒不沾也攒不下钱'，嗯，不如喝一杯略表心意。"他一面听着除夕钟声松了口气，一面吩咐妻子备酒，就在这时，门口响起一个声音：

"抱歉打扰。"

一个目光锐利、身形瘦削的浪人毫不客气地走了进来，朝家主抛出一小粒银子："我方才从你店里收到的钱中混有一块假银币，请换一下。"

"什么？"家主起身，但别说一小粒银子了，他连一文钱也没有，只好若无其事地微笑，"实在抱歉，今日已经关店，可否来年再换？"

"不，我等不及。除夕钟声还没结束呢，在下必须用这笔钱还清今年的债。讨债人现在外面等着呢。"

"这可难办了。店已关了，所有的钱都已入库。"

"开什么玩笑！"浪人大声叫嚷，"又不是百两千两，你偌大的家业，手头竟无区区一小粒银子吗，别说笑了。哎哟，何故作此神气呀？没有吗？当真没有吗？什么都没有吗？"其声之大，响彻四邻，等在店外的讨债人不由得纳闷，隔壁的泥瓦匠和木炭商也竖起耳朵，有道是坏事传千里，众人的窃窃私语当即四下传开，人之气运诚可谓缥缈莫测，除夕钟声已响，身家却遭暴露，三年苦心化为泡影，纵然多智难免计穷，只因区区一小粒银子，大富翁万屋便登时破了产。

(《日本永代藏》，卷五之五，《三文五分破晓钟》)

裸川

在镰仓山的秋日黄昏中赶路的青砥左卫门尉藤纲，来到滑川之畔纵马渡河，行至河中央时，因故从腰间取下火石袋，刚一打开袋口，袋中的十文钱就掉进了水中。青砥顿时神色大变，停马弯腰凝视河面，目光炯炯似闪电，像要洞穿至水底一般，但潺湲清流在夕照下闪闪发亮，一瞬不停地欢腾跃动，怎么也看不到河底。青砥在马背上痛苦地扭来扭去，懊悔不已。他想制定一条家规，警诫子孙后代，过河时无论如何不能打开火石袋。他怎么也不死心，想知道究竟掉落了几文钱。今早离家时，他像往常一样数出四十文零钱，反复确认两遍无误后，才装入火石袋中，后来在衙门用去三文，所以火石袋里理应还剩三十七文，方才只掉了十来文吗？总之，打开火石袋一数便知。然而，在河中央数钱正是大忌，过河上岸再看吧。悲惨的青砥沮丧地叹了口气，耷拉着头催马前行。到了对岸，他从马上下来，盘腿坐在河滩上，打开火石袋，哗啦哗啦地把袋里的钱倒在两腿之间，弯腰小声数钱："一、二、三……"剩下二十六文。唔，如此说来，显然掉了十一文，可惜，太可惜了，别看只是十一文，那也是国土重宝，若就此弃之不顾，那十一文就会一直沉在河底空自腐朽，白白浪费，那太可怕了。青砥下定决心，绝不能就此离去，纵然分裂大地、损毁地轴、深入龙宫，也定要把钱寻回。

然而，青砥绝非可鄙的守财奴，而是个节俭清廉的官吏，每顿饭仅有一汤一菜，且非一日三餐，而是一日一餐。尽管如此，他的身体仍很结实。衣服只有身上穿着的这一件，染成了浓茶色以免显脏。据说，纯黑色的衣服反而会令污渍更显眼。这是一件布料非常厚实的浓茶色的和服，他穿这一件和服过了一辈子。刀鞘未上漆，而是涂了斑驳的墨。

连主公北条时赖也看不下去，道："喂，青砥，我再给你加点俸禄吧。我曾梦见神谕，要我给你加俸。"

青砥却噘起嘴，"梦中神谕什么的，根本不可信。要是过阵子再有神谕要你将我斩首，你会怎么做，肯定想杀了我吧。"他用这种奇怪的道理拒绝了加俸。青砥是个无欲无求的人，俸禄若有剩余，他会全部分给附近的穷人，所以附近的穷人总是很懒惰，甚至光靠盐烤鲷鱼草草度日。青砥绝非吝啬之人，只是为了国家利益，率先躬行了勤俭节约。其主公时赖，也是在母亲松下禅尼教他贴补纸门的言传身教下长大的，是个好对付的人，一喝酒就用豆酱当下酒菜，所以主仆二人很投缘，当初将青砥左卫门尉藤纲提拔为引付众[1]的正是时赖。青砥曾以流浪之身，对着一头牛大喊大叫，其逸事传入时赖耳中，时赖觉得这人很有趣，就提拔他做了引付众。

据说，青砥曾见一头牛在河里撒尿，不禁大怒，跺脚喊道："哎呀呀！好一头蠢牛，居然把尿撒在河里，太可惜了，太浪费了。若能撒在田里，岂非上好肥料。"

他是个认真的人。把十一文钱掉进河里，纵然深入龙宫也要寻回，便成了理所当然之事。他将余下的二十六文装在火石袋里收好，把袋口的绳子系紧，起身喊来一个当地人，从怀中掏出另一个荷包，取出三两又收回一两，稍加思索点了点头，

---

[1] 镰仓幕府第五代执权北条时赖设立的诉讼机构"引付"的所属官职，负责审理诉讼等。——译者注

又拿出那一两，还是给了当地人三两，吩咐对方用这笔钱尽快召集十个壮工，他自己则把马拴在河滩上，寻一块大石头悠然落座，派头十足。其时已至黄昏，何不推迟到明天？那是不可能的。说不定那十一文钱当晚就会被河水冲走，下落不明，国土重宝永失，后果不堪设想，所以就算通宵，也必须赶在钱被水冲散之前尽快寻回。青砥独自坐在昏暗的河滩上，一动不动。

很快，壮工便找来了，青砥指挥众人先在河滩上生起篝火，然后人手一支火把，下到冰冷的水里开始找钱。在火把的映照下，秋日的流水宛如夜色中的锦缎，人的手脚成了栅栏，阻断水流，场面蔚为壮观。"那个，那里，不，再往右，不，不，再往左，手探进去。"青砥扯着嗓子指挥，但天色太暗，况且连他自己也记不清钱掉落的位置了，仍坚持"哪怕分裂大地、损毁地轴、深入龙宫，也定要把钱寻回"的青砥，只能独自顿足着急，壮工们一文钱也没摸到，河风砭肤刺骨，众人都快被冻死了，个个痛苦不堪，怨声四起，甚至有人一边在水底摸索一边抽泣，不知自己缘何因果要吃这一番苦头。

其中有一人三十四五岁，名叫浅田小五郎，是个赌棍。据说这个岁数的人最为自负，即便不然，但这浅田本是富贵出身，不免有些傲慢，纵然现已落魄沦为壮工，却仍桀骜不驯，蔑视长辈，怠慢工作，耍一点小聪明赚取不义之财，请年轻人喝酒，对方赞他慷慨，他则浑不在意，是个似乎还算不错的大傻瓜。眼下，他和别人一样一手持火把一手在河底摸索，但也只是装装样子罢了，根本无意认真寻找，只想敷衍了事，好从工钱里分一杯羹，可青砥在岸上生起篝火，烤得面如赤鬼，瞪着眼睛监视壮工，"左边！右边！"地咆哮喝骂，吵得他受不了，心想：啧，小气鬼，区区十一文钱就那么舍不得吗？至于气急败坏大吵大闹吗？所以我才讨厌穷当差的，那么想要钱，我给你好了，不过十几文钱而已。他心下蠢蠢欲动，又想炫耀自己的慷慨了，便从围裙里抓出三文钱来，叫道："找到了！"

"什么？找到了？钱找到了？"青砥闻声不禁狂喜，踮起脚呶呶追问，"钱找到了？真的找到了？"

浅田觉得很可笑，"嗯，找到三文，这就给你。"说着，他迈步向河岸走去。

青砥大喊："别动！别动！就在原地找。就是那里，钱就掉那儿了。我现在想起来了，的确就是那儿。应该还有八文。掉落的东西一定就在掉落的地方。就是那里！各位，已经找到三文钱了，大家再努努力，在那小子周围找一找。"他吵得厉害。

众壮工一个接一个地聚集在浅田周围，纷纷问道："大哥果然直觉敏锐，居然如此顺利，可是有何秘传？教教我们吧，我们都快冻死了。"

浅田像煞有介事地道："嘻，哪有什么秘传，关键在于脚趾。"

"脚趾？"

"没错。你们是用手，自然找不到，要像我一样，看，像这样用脚趾尖，就能找到了。"说着，浅田以一种古怪的腰姿踩踏河底沙砾，趁所有人都在盯着他的脚，他又从围裙里掏出两文钱，嘀咕了一声"咦？"，单手握着那两文钱探入水中，叫道："找到了！"

"什么？找到了？"青砥那粗蛮的声音即刻响起，"钱找到了？"

"嗯，又找到两文。"浅田高举单手答道。

"别动，别动，就在那里找。就是那儿！各位，那小子是好样的。大家努力找呀，别输给他。"青砥浑身颤抖，发出了更激烈的呼吁。

众壮工均采取那种古怪的腰姿，踩踏河底沙砾。由于不必蹲下，所以身体很是轻松。众人大喜，手举火把跳起舞来。岸上的青砥一脸不解，呵斥众人"不可儿戏"，众人却回复他说，用这种姿势才能找到钱，因此他只能愁眉苦脸地看着众人跳舞。

不久，浅田又趁大家不注意，三文、一文地接连从围裙里取出钱来，"呀，找到了！"他像煞有介事地叫喊，装作凭一己之力捡齐了十一文。

青砥高兴极了，接过浅田交上来的十一文钱，反复数了三遍，嗯，确实是十一文。他重重地点了点头，把钱装在火石袋里收好，微笑道："好，浅田，你这次干得漂亮。多亏了你，国土重宝终于得以复还。我再额外给你一两作为奖赏。钱掉在河里只会徒然腐朽，而从一人之手传到另一人手上，则可以永存于世流转不休。"他充满深情地说完，赏给浅田一两，然后一骗腿儿骑上马背，在嗒嗒的马蹄声中离去，众壮工目送他的背影，说他是个傻瓜。在智慧的浅水中跋涉的庶民，很难理解青砥的深思熟虑，只会嘲笑他因小失大。可见无论在哪个时代，市井小民都是可鄙的，不可救药。

市井小民贪婪成性，只想赚到三两横财，痛饮欢闹一番，哪还顾得其余。浅田把青砥要求节俭的告诫抛诸脑后，取出那额外的一两赏钱，直接投入工钱之中，继续展示了他的慷慨，众人越发兴奋，有生以来第一次举办了奢侈的大宴会。

浅田最受欢迎，众人都说，托大哥的福才有了今晚的极乐。假如浅田不多言就好了，可他偏偏撇着嘴冷笑道："说起来，那个青砥真是个大笨蛋，居然不知那是我从围裙里拿出来的钱。"

众人大惊，纷纷狠拍大腿，虚言恭维，夸赞浅田不愧是大哥，聪明得骇人，以他的器量，倘若生逢其时，地位当在青砥之上。酒宴变得越发疯狂，但哪里都有较真的人，突然，宴席一隅响起一声怒吼："浅田你这个浑蛋！"

一个身材矮小的男人铁青着脸瞪着浅田，"方才听你吹嘘你对青砥的欺骗，我只感到恶心，喝酒都没了心情。浅田，你这人真差劲。我原本只厌烦你那装机灵的马脸，却不知你竟如此胡闹。太过分了，浑蛋。青砥那难能可贵的高洁之志，因你的无知的小伎俩，成了'失主反给小偷钱'一样的愚蠢之举。骗人比偷窃更恶劣，你不觉得羞耻吗？须知天命可畏，你如此小看这个世界，很快必将横遭大祸。我不想再和你们来往了，希望从今以后,我们都视彼此如陌路。我接下来要孝敬父母。别笑。我目睹了这个世界的如此可悲的真相,不知为何,突然就想孝敬父母。尽管以前这种事也很常见,但此时此刻,我已经受够了。我要彻底洗心革面,孝顺父母。人不孝顺父母,与畜生无异。别笑。父亲,母亲,请原谅孩儿往日的不孝之罪。"这个男人的一番长篇大论,发展到了令人意外的地步,他放声大哭,边哭边回到家中,第二天早上天还没亮就已起床,又是打柴又是编制无绳草鞋又是帮父母干活儿,很快就获得了"孝子"的美誉,被时赖公召见,从此家道蒸蒸日上,此乃后话。

言归正传,且说那青砥左卫门尉藤纲,受骗于浅田的狡智尚不自知,当晚兴冲冲地回到家中,把妻儿召聚一堂,道:"今日我渡滑川时打开火石袋,把十一文钱掉落河中,国土重宝永沉河底白白腐朽岂不可惜,于是召集人手付出三两工钱,指挥他们哪怕深入地狱也要把钱寻回,其中有一人看模样就颇为机灵,他用脚趾尖在河底探索,当场就把十一文钱一个不漏地找了出来,所以我又额外赏给他一两。为找回区区十一文钱,竟花费了四两,你们可明白我的心意?"说完,他莞尔一笑,环视妻儿。家人扭扭捏捏,只含糊地点了点头。

"应该明白吧。"青砥满脸得意,"钱沉河底腐朽,于国家完全有损无益,而交给别人,则可在世人手中流转不休。"他心情大悦,把先前对壮工的说教重复了一遍。

"父亲,"看上去颇为聪慧的八岁女儿眨巴着眼睛问道,"您是怎么知道掉了十一文钱的?"

"哦,你是问这个啊。阿律真是个聪明的孩子,问得好。为父每天早上都会把四十文零钱装在火石袋里再去衙门,今天我在衙门用去了三文,火石袋里本该剩下三十七文,而实际上只有二十六文,所以,掉落的钱是多少呢?"

"可是,父亲,今早您去衙门途中,在寺庙前遇到我,曾给了我两文钱,叫我施舍乞丐。"

"呀,确有此事,我竟忘了。"青砥愕然。

掉落的钱该是九文才对。掉了九文,却从河底寻回十一文,真是怪了。青砥可不傻,他顿时有所醒悟:说不定,正是那个面无表情的名叫浅田的家伙搞的鬼把戏。仔细想来,所谓用脚比用手更容易找到,根本就是胡说八道。总之,明早就把那个浅田叫到衙门,定要查问明白。当晚,青砥怀着很不高兴的心情睡下了。

看来阴谋诡计终会败露，就连浅田，对于明明掉落九文却捡到十一文的事，也实在无从辩解。青砥火冒三丈，本欲将这个欺骗公家的狂妄之徒大卸八块，但他仍惦记那掉在河里的九文钱，便大声宣判道："纵然耗费十年、二十年乃至一辈子，你也得把那些钱找出来，限你一人找，须赤身裸体，免得你再耍小聪明，你须到河滩去，在差役的监视下挖开每一寸河床，无论刮风下雨，一天也不能休息，直到找出那九文钱为止。"其声之大，好似万雷齐落。认真的人一旦生气，委实可怕。

从那天起，浅田就在差役的严密监视下，赤身裸体在河中搜寻。第十天上找到了一文，过了二十天又找到一文，其时已入冬，岸上的柳叶纷纷掉落一片不剩，河水干枯，河滩萧索，浅田默然挥锄挖沙，出来的却不是钱，而是破锅、旧钉、碎碗等废品，徒然堆成一座小山，一个样貌精明的老妪，步履蹒跚地下到河滩上，问那差役："老身曾在这一带掉落一支簪子，还没挖出来吗？"差役问她几时掉的，她答"记不清了，就在老身出嫁后不久，该有六七十年了吧"，被差役骂了一顿。不知从几时起，滑川开始被人称作"裸川"，成了镰仓屈指可数的名胜之一，此时已是第九十七天，浅田已沿河道挖出去一里还远，把河床翻了个底朝天，再无寸土可锄，才终于找齐九文钱，再次见到了青砥。

"小子，你明白了吗？"青砥问道。

浅田毫不畏惧，昂首回道："上次交给你的十一文，是我自己的钱，请还给我。"这便是所谓强充硬汉吧，日后不免成了笑柄。

(《武家义理物语》，卷一之一，《因我物故成裸川》)

义

理

因义理而死，乃弓马武家的风气。很久以前，摄州伊丹有一血统纯正的武士，名叫神崎式部，此人奉伊丹城主荒木村重为主，担任横目①一职，多年来守得主家安如泰山。主公育有二子，长子重丸老成持重，性情宽善，次子村丸却顽劣不堪，叫人无奈，以神崎为首的一干重臣都被这位小主子折腾得苦不堪言，但相较于优雅的长子，城主荒木反而偏爱次子，任其胡闹，更使他变本加厉。终于有一天，村丸语出惊人，竟问起虾夷国来，想去赏赏异国风景，见识一番。众家臣好言劝阻，他却越发不依不饶，趁势撒泼，把食案一脚踢飞，声称去不成虾夷就绝食。一向偏袒村丸的城主荒木，这一次也没当回事，容

---

① 该职务负责监察武士行动，揭发不法并论功行赏等。——译者注

许了他的任性要求，笑道："好，一览虾夷也好，去吧，年轻时的长途旅行是一生的良药。"遂自家臣中精选出三十名武士担任随从，以神崎式部为首。

随从中多了两个少年，负责陪村丸聊天。一个叫神崎胜太郎，为式部的宝贝独子，年方十五，是一位容貌华丽、行止温顺、才华出众、不辱其父之名的青年武士；另一个则是式部同僚森冈丹后的三个儿子中的老么，名叫丹三郎，十六岁，他比胜太郎在各方面都相形见绌，虽肤色白皙，但眼梢下垂，嘴唇又厚又红好似猪八戒，却偏生爱打扮，对额头上的粉刺格外在意，每天早上都偷偷地拿浮石搓，把额头搓得紫光锃亮。这个胖墩墩的大块头，一举手一投足都慢吞吞的，讨厌武艺，性欲旺盛，经常斜身而坐若有所思，不时暗自冷笑，令人生厌。但不知怎的，这丹三郎很受小主子村丸待见，被昵称为"章鱼"，总在近旁侍候着，给小主子讲了不少荒唐事，和小主子一起粗俗地哈哈大笑。式部不喜欢丹三郎，本不想让他参加这次虾夷之旅，但自己的儿子胜太郎已按城主的吩咐成为随从的一员，所以不好一味拒绝同僚森冈丹后之子加入，这是对同僚的义理。

森冈丹后这个做父亲的似乎出于偏爱，并不觉得小儿子丹三郎有多顽劣，他双手拄在榻榻米上施了一礼，坦言为人父者的真情，"神崎大人，这次我运气不好只能留守，但我的小儿子丹三郎很幸运，代替我加入了随从之列，我很期待听他回来讲述旅行见闻。他是头一次外出旅行，虽然块头很大，但毕竟还只是个孩子，诸事请多关照。"式部无法拒绝。况且，小主子也密令他务必带上"章鱼"，所以无论如何也不得不准其加入。式部很不情愿地带着丹三郎离开故土，过了京都沿着通向关东的道路前行，抵达草津的客栈时，丹三郎已成了所有人的累赘。首先，他太爱睡懒觉。他和小主子直到深夜仍同客栈的女佣嬉耍，玩完赌博玩划拳，玩完划拳玩双六，还很下流地窃笑打趣，式部在隔壁房间实在看不下去，下定决心厉声道："明天一早就得出发，该睡觉了。"

小主子却满不在乎地道："游山玩水，不要紧的。对吧，'章鱼'？"

"没错。""章鱼"笑嘻嘻地答道。第二天早上，"章鱼"比小主子起得还晚。只因丹三郎一人睡懒觉，一行人从客栈出发的时间总是很迟。

小主子悠然道："丢下他别管了，他会跟上来的。"小主子打算把"章鱼"一人留在客栈赶紧上路,但神崎式部受丹三郎之父丹后的拜托,要关照那孩子,所以不能扔下他离开,只好吩咐儿子胜太郎去叫丹三郎起床。

胜太郎比丹三郎小一岁,因此就用比较客气的措辞去叫丹三郎:"醒了么,醒了么,要出发了。"

"啊?太早了吧。"

"连小主子都早就准备好了。"

"小主子好像在那之后睡得很香,而我在那之后想了很多,怎么也睡不着。而且,你老爹打呼噜太吵了。"

"抱歉。"

"忠义也很辛苦的。我每晚不得不陪小主子玩,精疲力竭啊。"

"我明白。"

"唉,实在受不了啊。偶尔你来替替我就好了。"

"这……我也想替你,可我不会划拳啥的。"

"因为你们不懂情趣。一味固执死板并非忠义,至少得会划拳啊。"

"是,"胜太郎怯弱地笑了笑,"即便如此,大家已经要出发了。"

"什么叫'即便如此'?你们都瞧不起我。昨晚我就在想这件事,因为不甘心,根本睡不着。我要是也和老爹一起来就好了。离开父母外出旅行,不得不小心顾及大家,这份苦楚你根本不懂。我自离开国土以来,就总觉得丢脸。人啊,真是薄情。在那孩子的父母关注不到的地方,对待他就如此刻薄。不,我不是在说你们。你们父子俩很高尚,太高尚了,高尚得过头。待这次虾夷之旅结束回国,我打算把你们父子俩的事逐一告知老爷和我爹。我什么都知道。你老爹不是很疼爱你吗?无须隐瞒。昨晚抵达这家客栈时,我听到你老爹说,'给,胜太郎,往脚上的水疱喷点烧酒。'他对我就不说那种话。在大家面前,他倒是显得对我很亲切,哼,我很清楚。真正的父子之情,果然是争不来的。'喷点烧酒'么。过后那剩下的烧酒,就该父子二人和睦共饮了吧。非但不让我喝一滴酒,还想让我放弃划拳,真没意思。昨晚我想了很多。抱歉,我要再睡一会儿。"

隔着拉门,神崎式部全听到了。他差一点就想丢下丹三郎出发了。真的，丢下他走最好。这样一来，日后的种种不幸或许便不会发生。然而，式部是个看重义理的武士，他忘不了当初丹后双手扒在榻榻米上拜托"诸事请多关照"时的声音和模样。那天，式部依旧默默地等待丹三郎起床。

丹三郎的散漫任性没有尽头。过了草津、水口、土山，来到铃鹿垭时，他就嚷嚷着走不动了。他一直不擅长骑马，却担心被人看穿遭到轻视，先前便硬着头皮骑上马一试，结果屁股疼得受不了，便寻借口说旅行果然得徒步才对，反正是优哉游哉地游山玩水，马上之旅太死板太无趣。但只有自己步行面子上不好看，于是他劝胜太郎也弃马徒步，二人一同跟在小主子的轿子左右走到了这里，丹三郎却突然又改口说徒步也太无趣了。

"这么一步一步地走也太蠢了，不是吗？""章鱼"想坐轿子翻越垭口。

"这么说，还是骑马比较好？"对胜太郎来说，怎样都无所谓。

"什么，骑马？"骑马可吃不消，岂有此理。"骑马倒也不坏，但也有利有弊。"他含糊其词应付道。

"真的，"胜太郎直率地点了点头，"我有时就想，人要是能像鸟一样在天上飞就好了。"

"别说蠢话了。"丹三郎冷笑道，"不需要在天上飞，"他想坐轿子，但多少有点顾忌，不敢明目张胆地说出来，"不需要在天上飞，"他又重复了一遍，"能不能边睡觉边走路呢。"他拐弯抹角地暗示道。

"那恐怕很难吧。"胜太郎不明白丹三郎的居心，天真地答道，"倘若骑马，倒是可以边睡边走。"

"嗯，骑马嘛……"骑马太危险，"章鱼"可不敢冒险在马背上睡觉，一旦睡着，最后肯定坠马。"马又不通人情，醒来一问这是何处，马可不会回答。"要是坐轿子，轿夫就会回答"啊，眼看快到桑名了"。啊，好想坐轿子。

"你说得很对。"胜太郎不懂"章鱼"的暗示，只天真地笑。

丹三郎恼恨地乜斜着眼瞪向胜太郎，一本正经地道："你也不通人情世故，不会体谅别人。"

"啊？"胜太郎愣住了。

"你难道看不出来吗？我已经走不动了。我这么胖，大腿内侧都磨破了，没人知道我忍受着多么巨大的痛苦。你一看就该知道。"说完，丹三郎突然状似痛苦地皱起眉头，拖着一条腿迈步前行。

"你搀着他。"这时，一直跟在轿子后头的神崎式部苦笑着吩咐胜太郎。

"是。"说着，胜太郎跑到丹三郎身旁，握住了"章鱼"的右手。

"章鱼"登时怒了，破罐破摔般地大叫大嚷道："免了。我再怎么说也是森冈丹后的儿子，若是靠你这种年少小子搀着越过垭口，风闻传回国内，父兄岂不颜面尽毁。你们父子俩是勾结起来企图嘲弄我森冈一家吧。"

神崎父子俩闻言神色大变。

"式部，"小主子在轿中叫了一声，"让'章鱼'也坐轿子。"他表现得很体谅人。

"是。"式部低头礼拜。"章鱼"十分得意。

之后，途经关、龟山、四日市、桑名、宫、冈崎、赤坂、御油、吉田，一路上"章鱼"都理直气壮地坐在轿中打着瞌睡，到了客栈仍像往常一样熬夜，早晨大睡懒觉。因为丹三郎一人，此次行程比出发时预计的延迟了近十天。阴历四月末的一天，队伍计划赶去骏河国岛田的客栈投宿，便急匆匆地从挂川出发，夜里临近中山时遭遇暴雨，途中的菊川泛滥，浊流撼动桥梁漫过道路，连风也为之助阵，松籁声如怒涛，一行人的蓑衣下摆被风吹得翻起，几乎快被撕破了，连滚带爬地来到金谷的客栈，在此确认人数，欣喜地发现所有人都平安无事。接下来必须渡过著名险地大井川赶到岛田的客栈，但式部站在大井川的岸边眺望河面，观察一番后，对随从们吩咐道："河水一刻不停地上涨，今天得在金谷的客栈住一晚。"

然而，顽皮刁蛮的小主子对式部的谨慎安排并不满意，他望着河水冷笑道："原来这就是那有名的大井川啊，连淀川的一半也不及嘛，比国内的猪名川和武库川都小。唉，'章鱼'，连这么小的河都过不去，看来式部也老糊涂了。"

"是啊，""章鱼"乜斜着神崎父子俩冷笑，"我从小就每天骑马渡过国内的猪名川，像这种小河，就算涨再大的水，我也不认为有多可怕，但有一种怪病，叫天生水癫痫病，无论弓马武艺如何精通，一见到水就怕得浑身发抖，而且据说这种病还会由父母遗传给孩子。"

小主子笑道："怪病的确是有的，虽说式部应该不会患有那种水癫痫病，'章鱼'，不如你我二人策马冲锋，效仿宇治川之战中打头阵的佐佐木和梶原，竞相闯过这浊流，渡到对岸去，届时胆小的式部和随从们没办法也只能跟着过来。无论如何必须在今天内渡过这大井川到达岛田的客栈，不然有损西国武士名誉。'章鱼'，跟上！"说完，小主子上马扬鞭，就要直奔浊流冲去，式部顶着倾盆大雨扔下蓑衣和斗笠，拼命抓住小主子的马辔，流泪恳求道："请不要这样做，请不要这样做。式部早就听闻大井川河底的形状变化无常，湍流水渊深浅不一，连背人渡河的人夫也常有失足，何况我等外地人，纵有拔山之勇，仅凭一腔热血也难渡此河，式部今日一天，患了那种水癫痫病或别的怪病，还请怜悯式部身患怪病，明日再行渡河。"

丹三郎是个真正的胆小鬼，尽管嘴上夸夸其谈，当小主子喊出"'章鱼'，跟上！"时，他感到一阵眩晕，惊慌不知所措，此刻见式部上前劝阻，这才松了口气，苍白的脸上勉强泛起怪异的笑容，道："啧，可惜。"

这下糟了。他随口一句话，更激起了小主子内心的冲动。

"'章鱼'，式部是个懦夫，别管他，跟上！"小主子趁式部一不留神从他手中挣脱出来，扬鞭策马，暴虎冯河，扑通一声纵马跃入浊流。

事已至此，式部也无可奈何，他厉声指挥随从们跟上，三十名身强力壮的武士，毫不犹豫地一个接一个纵马闯入浊流，分波破浪追随小主子而去。

岸上，丹三郎和殿后的式部父子留了下来。丹三郎浑身颤抖，紧紧握住胜太郎的手，带着哭腔诉道："小主子不通人情世故，不会体谅别人，我其实最不擅长骑马，做什么都一塌糊涂。"

式部默然环顾四周，确认并无遗漏后，才转身看向丹三郎，温声道："这些麻烦皆因你的说话而起，但现在说什么都没用了。立刻追上小主子吧。我们究竟能否活着抵达对岸，在这大水之中，只能听天由命。不过，当初在我启程之际，你的父亲丹后大人曾拜托我，说丹三郎还只是个孩子，而且又是初次旅行，托我照顾好你。他的话我始终记在心头，所以忍了又忍，一直将你照顾至今。眼下渡这浊流，你若有个好歹，我此前的所有辛苦都将化为泡影。我已为你留了最好的马，还会让我儿子胜太郎先行探路，你只要抱紧马脖子跟着胜太郎即可，我会紧随身后保护你，所以不要担心，就算被大浪打中也别慌，切记不要松手放开马脖子。"

听到这番话，许是连蠢货也不免恢复了人性，丹三郎说了声"对不起"，哇的一声放开手哭了起来。

式部因一句"诸事请多关照"，不惜让自己的儿子胜太郎先行探路，还让丹三郎骑上他特意精挑细选的马匹走在中间，自己紧随其后闯过涡浪激流，历尽辛苦终于靠近岸边稍稍松了口气，就在这时，丹三郎却被一小股水浪从旁击中，马鞍翻坠，他只来得及轻叫了一声"哎呀"，就被浪涛冲到了远处，在水中浮沉挣扎，很快便不知去向了。

式部呆怔怔地上了岸，只见小主子安泰无事，自己的儿子胜太郎也已顺利上岸，正陪侍在小主子身边。

世上最悲莫过于武家义理。式部已然下定决心,招手唤来胜太郎,道:"我有事拜托你。"

"嗯。"作为家臣中首屈一指的美少年,胜太郎用清澈的眸子仰视着父亲。

"你跳河自杀吧。丹三郎被水浪打中,马鞍翻坠,已被河水吞没而死。那丹三郎本是其父丹后大人托付于我,于义于理我都该照顾好他。若丹三郎一人溺死,而你却活了下来,我式部身为武士,将无颜面对丹后大人。你听好了,现在立刻跳河自杀。"式部面露刚毅之色,语气决然。胜太郎不愧是武士之子,答了一声"是",然后毫不犹豫地纵身跃入激流。

式部垂首流泪,真是最悲莫过于武家义理,只因离开故乡时的一句"诸事请多关照",他就难舍那顽劣不堪的孩子,一直照顾至今,却横遭灾祸,无颜面对丹后大人,迫于无奈不得不让无辜的胜太郎死在眼前。这痛苦固然不小,但他更恨世道不公,丹后大人尚有二子,纵然不免悲叹,终归能够释怀,可他只有胜太郎这一个儿子,身在故乡的孩子母亲将何其悲痛,而他也上了年纪,如今逼死了胜太郎,已然了无生趣,心若死灰,表面上若无其事继续侍奉小主子,成功地完成了虾夷之旅这一

117

重任，之后即向城主告老请辞，和老妻一同出家，隐居在播州清水的深山之中。丹后得知原委后感佩其志，认为自己和一妻二子不能继续苟活于这尘世，便也立刻请辞，满门出家为胜太郎祈祷冥福，可见无论哪朝哪代，若论凄美，皆莫过于武家义理。

(《武家义理物语》，卷一之五，《纵死不过同枕浪》)

女贼

后柏原天皇大永年间，陆奥一圆有个赫赫有名的大贼。此人姓濑越，住在仙台名取川上游的笹谷垭附近，拦截过往旅者杀人越货，而且他是山贼中少见的吝啬鬼，从不乱花钱，三十出头就已攒下丰厚积蓄，成为深不可测的大富翁。他留着漂亮的小胡子，举止稳重，不像普通山贼身上离不开熊皮，而是爱穿茧绸和服，外面再套一件绣有家徽的外褂，或因平素颇好谣曲，遣词文绉，异于东北方言，不知是讨厌女人或是何故，独身至今。酒是喝的，但似乎目中全无女人，从未表现出好色的迹象，偶尔有手下掳来村女，他就皱眉，"受卑贱女子戏娶乃男儿之耻"，然后命人立刻送女人回村。一干手下直言批评道："大哥讨厌女人，就像美玉微瑕。"他闻言微微一笑，嘟囔着"仙台少美人"，随即一声长叹，仿佛趣味高迈，迥然不似山贼。有一年春天,他命令容貌不丑的五个手下脱掉熊皮,禁止蒙面,穿上绣有家徽的和服和仙台绫裙裤,率众上京,夜夜留宿最上等的客栈,日日优哉游哉地游览京都,仿佛平日吝啬攒钱就是为了这一回,挥金如土毫不吝惜,俨然如东国来的土财主。草木之花默不能言,几人很快就厌倦了,于是跑去岛原,招来众多京城名妓排成一排挨个品鉴,可谓群星璀璨,美不胜收,有一好色的手下竟一声呻吟,口吐白沫栽倒在地,顿时这个叫灌水,那个喊喂药,还有建议脱裤子的,场面一片混乱。尽管面前琳琅满目,那土财主却懒洋洋地叹了口气,嘟囔道:"京都亦少美人。"

京城虽大,抵不过人言风传,这山贼的铺张作派迅速传遍整个京城,人称"蓄须财主",路遇之人皆冲他点头致意,可他却一直愁眉苦脸,很快连岛原也厌倦了,每天无所事事,带领手下在京城大道上闲逛,这一日,他路过一老旧的大宅院,从那摇摇欲塌的土墙的隙间,瞥见一个女人的身影,顿时停下脚步,手中的扇子啪嗒一下掉在地上,他长出了一口气,肩膀随之如小山运动般高高耸起又重重落下,"忒美了!"他不禁呻吟出声,彻底暴露了东北口音,像傻子一样张大了嘴,望着那正在繁花盛开的梨树下和一个看起来像是弟弟的秀气男孩玩手鞠的年轻姑娘的身影，越发看得入迷。翌日，蓄须财主叮嘱五个手下，让他们带上金银绫锦等无数重宝，去那户土墙人家，展开颇为唐突而又十分强硬的谈判，扬言定要迎娶贵小姐。那家的老主人，是一位有些来历的公卿之后，以前颇有声望，但沽名之心太强，渴望更加出人头地，应酬时挥金如土，日夜宴请显宦，反而遭人轻视，徒致财产全失，一切尽毁，眼下连撑起摇摇欲坠的土墙的力气也没了，甚至出现中风迹象，在揩鼻涕纸的正反两面写下"纵可颤颤以手触，此世亦是梦幻界"之类的蹩脚的和歌，以排遣一天天的忧闷。面对这突如其来的要求，老主人虽然起初大吃一惊，但看着眼前堆积如山的金银财宝，那虚荣心又油然而生，不禁暗忖：有了这些钱，就能重新宴请大官，声势赫赫地东山再起。说起那蓄须财主，据说现下在这京城也可谓大名鼎鼎，似乎是遥远东国的某大富翁家的大少爷，管他是乡下人还是什么，只要有钱就行，这门亲事倒是不赖。有道是"贫则贪"，这老主人也不例外，贪心大动，当天对使者格外和气，说定改日明确答复，总之明天会去贵主人下榻的客栈拜访，以答谢今日赠礼，手下们在回去的路上彼此点头道："成了，看来大事已定。"听完手下的禀报，山贼统领哈哈大笑，道："倒是意外。"

第二日，那老主人头戴乌帽子，身穿正衣装，来到山贼落脚的客栈，口吐正宗文言，答谢昨日之事，一眼就看中了统领的大方举止和漂亮胡子，本来只该答谢，却一不小心主动说出"小女少不更事"这种话来，山贼统领也不禁苦笑，只道京城人居然如此轻率。尽管如此，当日的酒宴上佳肴仍堆积如山，礼物之多也更胜昨日，老主人只觉飘飘然如在云端，连乌帽子也落在了客栈，回家唤来女儿，道："女人三界无家，这里不是你的家，你弟弟将继承家业，这个家不需要你，所以说女人三界无家。"好一通粗暴说教，惹得女儿大哭，老主人却又道："哭什么哭？为父给你找了一个好女婿，你却哭哭啼啼，真是大不孝！"他好似中风一般颤巍巍地举起胳膊，作势要打女儿，"京城人固然生得白净，可惜太穷；东国人虽体毛浓密，长得傻里傻气，但看样子对女人很好。你走吧，立刻到山里去，或者去哪儿都行，你死去的母亲想来也会高兴。不用担心为父，我即将开创一番新事业，明白了吗？唉，你能明白为父的苦心吗？女人三界无家，到哪儿也不例外。"他甚至脱口说出奇怪的话。根本未曾细查女婿的家世，只因对方现下是京城里赫赫有名的蓄须财主,就轻率地以为肯定错不了,兴高采烈忘乎所以,便匆匆定下这门亲事,逼迫年仅十七岁的女儿嫁去遥远东国的陆奥——听说那里还是虾夷的地界。女儿遭此不幸,哀叹因果报应,吓得要死,被人抬上轿子仍哭泣不止,唯独父亲一人欢欣雀跃,骑在马上连屁股都像要坐不住了,心不在焉地一直送到城郊,只顾在内心憧憬今后飞黄腾达,为此兴奋不已,连道别的话也忘了说,回到家第五天就猝死于心脏麻痹,可见人的命运不可预料。

与此同时,女儿并不知可怜的父亲竟已猝亡,她乘轿一路往关东行去,途中看清了新郎的胡子,被一种难以言喻的恐惧吓哭了;听到那些手下粗暴的东北方言吓破了胆,又哭了;过了江户渐近仙台,虽说时已入春,山上仍有残雪,她一望见又哭了。这一路上,她令众山贼束手无策,抵达山寨老巢时,眼睛都哭肿了,脸像猴子一样,几个手下不免扫兴,统领却亲自劝慰。待她两眼恢复正常时,对统领多少亲近了些,也冷静下来了,东北方言也逐渐听得懂了,对几个手下的无知笑话也不禁报以微笑,直到不久后得知丈夫的恶行,她才大吃一惊。但女人三界无家,纵然逃离此处,却连京都的天在何方都不知道,转念一想，不如就此权当练胆，随遇而安吧，于是断了离开的念头，在丈夫的温柔呵护下，在一众手下的服侍下和一声声"大姐"的敬称里，她已完全不再反感，不经意间已被恶浸染，有的妻子总觉得丈夫的一切所作所为都很荒唐可笑，有的妻子则视丈夫的所有行为如伟大的英雄壮举，这两种都是恶妻，这位京都出身的美女似乎属于后者。随着对丈夫的可憎行径逐渐司空见惯，她开始觉得那才是勇敢且可靠的男人。每当丈夫干完一票回到家中，她就连忙为丈夫洗脚服侍，笑问今天有何收获，将夺自旅人的窄袖便服展开，满不在乎地说："这一件我穿有点太花哨了，下回抢个朴素一点的。"她笑眯眯地听手下夸耀惨烈的功绩，后来自己也穿上草鞋同行，帮丈夫做坏事却无动于衷，彻底变成了一个卑鄙无耻的女山贼。尽管她的容颜还和以前一样美丽，眼眸里却闪烁着令人憎厌的光芒，她蹲在井边全神贯注地为丈夫磨刀的样子，犹如女魔头一般可怕。不久，这个女魔头怀孕了，产下一女取名春枝，肤色白皙，红唇小巧，是个娇艳的美人坯子。过了两年，又产下一女阿夏，生得像她父亲，肤色黧黑吊眼梢，眉目倔强。这俩孩子丝毫不知自己的母亲出身京都公卿世家，有道是门第不如境遇，实在可见世人都是靠不住的。她们以为自己落生的这处深山就是父母世世代代的故乡，犷悍地在山坡上跑来跑去玩耍，仿佛魔鬼之子，玩的也不是过家家之类的游戏，而是一个扮旅人，一个扮山贼。扮山贼的那个道："喂，站住，你是要钱还是要命？"扮旅人的那个则大叫"救命"，敏捷地从陡峭的悬崖上逃下来，扮山贼的那个便大喊"站住！站住！"，追上来后，扮山贼的一把抓住扮旅人的，互相笑作一团。母亲见此情形并不难过，反而把长刀交给她们，让这俩孩子练习杀人。无法无天的恶行，其结局往往也很可怕。果不其然，就在春枝十八岁、阿夏十六岁的那年冬天，父亲横遭天谴，雪崩压身，浑身骨头碎如齑粉，死状惨不忍睹。就在母女悲叹之时，几个手下露出恶人本性，将统领积攒的所有金银财宝及诸多用具食物尽数夺走，大雪封山，母女三人眼看着活不下去了。

"这没什么，"好胜的阿夏仍显得威风凛凛，以此激励母亲和姐姐，"还和以前一样，干掉旅人就是。"

"可是，"比妹妹稍微文静一点的姐姐春枝一本正经地道，"光靠女人可不行呀，我们反而会被人剥光衣服。"

"胆小鬼，胆小鬼。扮成男人拿刀去不就行了。只要用男人般的粗厚声音大喊一声'喂！'叫住对方，哪个旅人不吓得瑟瑟发抖。不过，武士太可怕，得挑选老头老太、独旅女人或文弱商人来吓唬，就一定可以成功。很有趣不是吗？我要把那张熊皮从头到脚套在身上去干一票。"天真与魔性仅一线之隔。

"要是顺利就好了，"姐姐怅然一笑，"总之，先试试看吧。我俩怎样都无所谓，母亲可不能受到伤害，所以您得留下来看家，乖乖地等我俩带战利品回来。"尽管是山里长大的野孩子，毕竟本能尚存，似乎多少也还能心疼父母。从那天起，两个女儿扮成男人模样，顽皮的妹妹用锅底灰画了一撮小胡子，和父亲的一模一样，出门寻找那些看似弱小的本地居民加以恐吓，女人心思细腻，怀中的金子自不必说，连饭团、手纸、护身符、火石、牙签等杂物也不放过，统统抢回家。比起荷包中的金银，姐妹俩更喜爱荷包上的条纹之美。对两个女孩而言，这可恶的营生竟逐渐成为一种激励，仿佛打心底里已变成可怕的山贼，觉得仅靠埋伏那些偶尔蹚雪通过山垭的旅人，收获太少没意思，于是彻底放开了胆子，甚至闯入附近人家强抢，抢到寻常村女的梳子簪子也乐得欢天喜地。姐姐春枝年已十八，而且比妹妹这个野丫头稍稍温柔一些，适龄的姑娘难免春心萌动，她有时也为自己那粗鲁的男人扮相感到难为情，暗自在熊皮里面系上红腰带，有一天，她在村庄附近恐吓行旅布商，抢得白绢两匹，各分左右抱在怀中，兴冲冲地疾行在黄昏的雪道上往家赶，途中心想：年节近在眼前，无论如何我也得有一件华服才行，女孩子不偶尔打扮得漂亮点，活着还有什么意义呢。我要把这一匹白绢染成淡紫色，做一件初春穿的华服，可惜没有衬里，除非把分给妹妹的这一匹白绢也用掉。

姐姐迫不及待地渴望占有那一匹属于妹妹的白绢，心儿怦怦直跳，若无其事地问道："阿夏，你打算如何使用这匹白绢？"

"如何使用？姐姐，我打算做很多条头巾。戴白头巾显得彪悍，看起来像出色的统领。父亲出去干活儿时也戴白头巾呢。"妹妹的话很幼稚。

"唉，那太无聊了。喂，你是个好孩子，能把它让给姐姐吗？下次再抢到好东西，姐姐都给你。"

"不。"妹妹用力摇头，"不，不。我早就想要白头巾了。吓唬旅人非得戴白头巾，不然哪有气势，抢东西也不舒服。"

"别说这些蠢话了，给我吧，求你了。"

"不！姐姐，你缠着我也没用。"

姐妹俩莫名地闹起了别扭。然而，姐姐遭到那么严厉的拒绝，反而越发想要得到，直似欲火焚身，虽说她比妹妹老实，但越是平时老实巴交的孩子，钻牛角尖时反而越容易犯下残酷而可怕的罪行，尤其她还从山贼父亲那里继承了凶恶的血统，如今正效仿父亲每天扮成男人吓唬旅人。

心绪成了一团乱麻，人一下子就变了，她表面上平静地笑道："抱歉，我不要了。"说完却环顾四周，欲杀妹夺绢。她心想：我用腰间的这把佩刀已不止一次斩伤旅人，就算顺手杀死妹妹，罪过也不会更大，我无论如何都要做一件华服，不光这一次，腰带也好梳子也好，好不容易抢来的东西居然要和这样一个好像真男人的妹妹分享，太愚蠢了，太浪费了，太可恶了，太碍事了，只要杀死妹妹夺走白绢，回家告诉母亲，今天遇到了棘手的旅人，可怜的妹妹已死于非命，这样一来就没事了，错不了。

姐姐早已急不可耐，趁妹妹不注意，手已按上刀柄，就在这时——"姐姐！好可怕！"妹妹紧紧地抱住了姐姐。"怎、怎么了？"惊慌的姐姐问道。妹妹伸手指向暮色中的谷底，那里是村民的墓地所在，眼下正在火葬村中死者，只见焚烧人尸冒出的那烟漆黑异常，侧耳倾听，还可闻噼噼啪啪的爆裂声，令人毛骨悚然，一阵风吹过，送来一股怪味，就连天不怕地不怕的两个女贼，也不禁浑身直起鸡皮疙瘩，彼此紧拥，姐姐禁不住念起佛号，忽然醒悟人世无常，原来所有人终将被如此烧掉，衣服什么的全是虚幻，此刻更为自己的可怕居心而浑身颤抖，总之为了这一匹白绢，竟生出卑鄙的念头，现在什么都不需要了，便将手里的布匹对准谷底的黑烟扔了下去，妹妹也立刻有样学样，扔完哇的一声哭了起来，说出了一番出人意料的话：

"姐姐，对不起，我是个坏孩子，刚才还想杀死你呢。姐姐！我好歹也已十六岁了，也想要漂亮的衣服穿呀，可我长得这么丑，打扮起来肯定被人嘲笑，所以我才故意尽说些男孩子气的话。对不起，姐姐，我今年过年想要一件华服，想把我的绢布染成红梅色，然后用姐姐的绢布做衬里，姐姐，我是个坏孩子，本打算用刀戳死你，然后告诉母亲你死于旅人之手，可是方才目睹火葬看到那烟，顿时觉得什么都没意思，我已经不想再活下去了。"

姐姐大吃一惊，"你在说什么呀。原谅不原谅，那是我的事。我才应该向你道歉呢，我本想刺死你夺走绢布，一看到那烟顿觉悲从中来，才把我的绢布扔到谷底去了。"说完，姐姐把妹妹抱得更紧了，也哭了起来。

二女既惊且愧，自觉生在这无常的世间，尤其又是女儿身，居然活得如此残暴，来世下场不免可畏，不若就此舍弃浮世欲望，遂将腰刀、熊皮皆投入谷底火中，哭着返回山寨，把事情原委向母亲一一道来，母亲也因而觉悟，从二十年的噩梦中醒来，首次向两个女儿坦白了自己的高贵血统，慨叹自身现下的悲惨境遇，率先剪断一头黑发，两个女儿也争先恐后地剃去头发。母女三人成了比丘尼，将污浊的老巢付之一炬，前往笹谷垭山脚下的寺庙向老僧忏悔，紧紧抓住老僧的袈裟下摆念诵佛号，仿佛在为那些被害的旅人祈祷冥福，其心可嘉。但父女两代人的积恶，究竟会不会得到如来的宽恕呢？

(《*新可笑记*》，卷五之四，《*天生便是女劫匪*》)

大红鼓

很久以前，京都西阵住着许多纺织工匠，各家房屋鳞次栉比，相互间比拼手艺，精勤持家。其中一人名叫德兵卫，看名字像是福德之人，但不知怎的，向来攒不下钱。他整日战战兢兢，晚酌也不超四两，与妻子相伴十九年，从未喝过花酒，要说爱好，只是偶尔和揽活儿的掮客下下将棋，而且就算下棋也很惜时，每次只下一盘，还是令人眼花缭乱的快棋。约定的活计一次也不曾耽误，万事勤恳小心，从不马虎大意，妻子儿女都无病无灾，他自己也仅在二十岁时因一颗蛀牙病了三天，此外从不生病。但他并不吝啬，与人交往也不乏义理，是同行眼中的"实诚人"，而且他笃信神佛，人生四十年来没做过一件坏事。然而不知为何，他总是很穷，虽说世间多有不可思议之事，不乏天生穷命，但像德兵卫这样的善人，却一直不受福神眷顾，可见浮世亦有难明之事。据说镇上那些颇有头面的工头，和妻子说私房话时经常聊起德兵卫，暗自欣慰于自家的殷实。渐渐地，德兵卫越发迫于贫困，到了这一年年底，他除了乘夜远走高飞已别无他法，便将各种用具偷偷变卖，那些眼尖的工头有所察觉，多年情谊不能置之不理，便不动声色地向德兵卫打听情况，德兵卫哭诉自己债台高筑无力偿还，这才决心乘夜外逃，几人再一问，原来只欠了七八十两而已。

一人笑道："才欠了七八十两，就要把父辈传下来的老字号给毁了，简直荒唐。今年年底万事有我们担着，所以请再坚持一回，来年挣下一份家业给大家瞧瞧。豁出去给孩子点压岁钱，发给掮客的衣服也制成不带家徽的浅黄色，现在开始都来得及，钱的事不用担心，交给我们，你就放下心来尽情地过个好年吧。尊夫人也别哭天抹泪了，难得的好头发可别浪费，要绾得漂漂亮亮的，别让人看到自己走背运，这是妻子的责任。还有过年吃的咸鲑鱼，我家已经买了三条，稍后就让人送一条过来。有道是笑口常开福自来，你家里阴气太重，这怎么行。来，把所有门窗都打开，把这一年来家里的尘垢彻底清扫出去，然后静待福神到来，万事有我们担着。"这人说了一大堆好话，然后便同住在附近的工匠商量之后，于众生忙碌的十二月二十六日夜里，共十人各携十两金币和酒肴，来到德兵卫家，让他取出一个方升，众人依次掷入十两金币，凑成百两，一个工头好似福神般扬声朗笑，把钱递给德兵卫，道："德兵卫，这里有一百两，请用这笔本钱赚回一千两给大家看看。"又有一个工头一本正经地举起方升放在神龛里，啪啪鼓掌，道："来，向惠比须大黑[①]立誓，要记住这一百两，使利生利，到来年年底给这个家赚回百倍千倍的钱，如若不然，惠比须大黑将视你为贪墨之罪人，把你捆起来丢下河去。"众人闻言再度大笑，工友情谊越发深厚，众人不忘用带来的酒肴办起宴会，以慰劳这一年来的辛苦，德兵卫高兴极了，在房间里转来转去，踢翻了漆食盒，更感惶恐，到处对人胡乱鞠躬，生平头一次喝下了四两以上的酒，终于醉得哭了起来，毕竟救了一个人，其他工匠也兴奋得几乎战栗，连平时滴酒不沾者也开怀痛饮，甚至脱口说出"这酒本就是我带来的，不喝就亏了"这种十分扫兴的小家子气的话，暴露出酒后乱性的倾向。一个常去窑子的人不理他，口中唱着小曲，身子前后左右晃来晃去；一个大胡子悄声嘀咕着天下大事，

---

① 惠比须神和大黑神。二者是日本的财福之神。——译者注

忧国忧民;还有角落里的一个小个子,大声自夸纺织手艺,骂其他人"皆笨蛋也";还有人蒙脸跳一种名叫"瓦匠舞"的寻常舞蹈,明明没人在看,他却紧张极了,紧抿着嘴跳个不停,持续时间之久令人难以置信;还有一人,始终斜倚隔扇而坐,脸色苍白,眼中布满血丝,一言不发地盯着众人,令坐在附近的人均感毛骨悚然。此人很快便霍然起身,众人惊觉,以为他要闹事,正欲上前制止,那人却呻吟着跑出檐廊,到院子里呕吐起来。酒席一事,古今皆然,到头来总不免大吐特吐,好似那没长骨头的动物,互相或背或抱,这个忘了外褂,那个落了扇子,还有穿错鞋的,胡言乱语着"哎呀,可喜可贺,可喜可贺"各回各家,最后只余主人独自酣然大睡,鼾声如雷,犹如一只狼趴伏在大风过后的荒野上,妻子则呆怔怔地坐在屋子中央,决定待明天再收拾。抬头看向神龛里的方升,内心充满喜悦,马上想到须关窗闭户,连忙起身关上家门,小心落锁,并吩咐用人先睡下,然后轻轻摇醒丈夫,把流水账和算盘塞给他,道:"现在可不是酣然大睡的时候,为免辜负邻居的恩情,从今晚就开始粗略计算一下这一年的各项开支吧。"烂醉如泥的德兵卫勉强睁眼,他在梦中也被讨债鬼折磨,现在突然醒来,才记起自己已是有钱人了,拥有百两巨资,顿时勇气千百倍增,霍然起身盘腿端坐，仪态威严，道："好，来了，算盘给我。混账，米铺的那个八右卫门，本是我家上一辈的分号，却把义理、恩德和人情忘得一干二净，数他催债逼得最紧，我老早就在想，以后走着瞧，混账，下次他若再来，我就把金币摔在他那张皱巴巴的老脸上。从来年起，不管八右卫门怎么说好听话奉承我，我都会装作听不见，偏要付现钱去他隔壁的与七家买米，回来时路过他家，还要在门口撒尿。总之，把神龛里的方升取下来，我已好久没见过黄灿灿的金子了。"妻子也兴冲冲地站起身，从神龛里取下方升一看，里面居然空空如也，一枚金币也没有。夫妻俩大吃一惊，把方升翻来倒去又敲又打，在房间里爬来爬去，还将神龛整个儿搬了下来，把神像也翻来倒去，红着眼拼了命找，却找不到一枚金币。

"肯定没了。"丈夫死心了，"算了，别找了。满满一升金币，岂会被老鼠偷偷拖走。我们是被福神抛弃了，看来这个家终究没有福运，"话虽如此，他心头油然涌起一股懊恼和不甘，"太可笑了，欠八右卫门的账可怎么办。不只空欢喜一场，过后的痛苦更难承受。"他捂着肚子潸然泪下。

妻子也呜咽道："唉，这可怎么办呀。太过分了，居然真有人耍这种恶作剧捉弄人。先是给钱教人开心，然后立刻收回，岂有此理。"

"你说什么？你认为钱是被人偷走了？"

"嗯，我知道不该怀疑别人，但金币可不会自己突然熔化消失，今晚这屋里除了那十个客人，并无他人进出，而且他们一走，我就关了前门上了锁——"

"不不，快打消那种可怕的念头。金币是突然失踪了，都怪我们信心浅薄。那般怀疑邻居的深情厚谊，简直荒谬。百两金币，哪怕只教我们看上一眼，就已十分难得，必须心怀感激，更何况我还是生平头一次喝到那么多的酒。有钱只是幻想罢了，我早就放弃了，"德兵卫说着冠冕堂皇的话，可是一想到今后的生活，就仿佛大头朝下坠入地狱，不禁抽泣，"啊，话虽如此，一夜之间又笑又哭，这是何等荒唐的际遇啊。"

妻子不禁失声痛哭，"我们被人耍了。假装给我们百两金币，又偷拿回去，现在肯定吐出红舌头嘲笑我们呢。是了，他们十人合谋，居心不良，拿出百两金币向我们炫耀，目的是看着我们喜极而泣鞠躬道谢，供他们饮酒取乐。这也太瞧不起人了，你能忍下这口气？我已经没脸活在这世上了。"

"别说恩人的坏话。我也一样讨厌这个世界，但含恨而死，定会堕入地狱。那满载情谊的百两金币，可能是我们自己疏忽而致遗失，倘若为此而死，则我已有觉悟。"

"这时候还管他什么道理，哪怕堕入地狱，我也会含恨而死。遭受如此残酷的对待，沦为世人的笑柄，我无论如何也活不下去了。"

"好了，别再说了，死就是了。总之没道理控诉恩人，甚至连怀疑也是卑鄙无礼的。话虽如此，我也没法继续活下去了，夫人，什么也别说了，和我一起死吧。活在这一世也辛苦你了，我们来世再做夫妻。"

德兵卫夫妇前途暗淡，喜筵刚过便商量寻死，且决心带上两个孩子一同上路。妻子翻箱底找出平日舍不得穿的白色丝绸棉袄穿在身上，对镜轻抚自己那一头从年轻时就被人称赞的黑发，慨叹十九年的相好宛如一场幻梦，在这个黎明即将破灭，她重振精神轻轻唤醒两个孩子，大女儿迷迷糊糊地问道："母亲，已经是新年了吗？"小儿子则说："今天就给我买陀螺吗？"夫妻俩泪眼蒙眬，说不出话来，只让孩子坐在佛坛前，颤颤巍巍地点亮供灯，一家四口合十祭拜先祖之灵，就在一切即将结束的险要关头，女保姆飞奔而至，将两个孩子一左一右紧紧抱在怀中，大脸蹭着小脸，不顾一切地大声哭诉道："太过分了，太过分了，老爷你们要干什么？你们方才的话，我一字不漏全听见了，要死你俩自去死好了，这么可爱的少爷小姐有何罪过，你们这对残忍的父母，太过分了，少爷小姐我来收养，要死你俩快去死吧。"邻居都被吵醒了，夫妻俩的自杀计划胎死腹中。不久，工头便收到消息，大为震惊，认定此事非同小可：正如夫妻俩所言，那晚除却我等十人，并无他人进出房间，亦不曾听闻有金币被风吹走的前例，但我们又怎会黑心合谋戏耍那对夫妇呢，这是不可能的。十人皆出于义勇，在那忙碌的年底一夜，慷慨地答应各凑十两，谁也不该被怀疑，倘若说错一言半句，将在镇上引起轩然大波，说不定还会有人不惜切腹自证清白，不过，一百两毕竟不是小数目，那对夫妇又很可怜，也不能置之不理。总之，他们清楚此事无法自力解决，只好秘密告官，委托官差追查钱的下落。

负责审理这一奇案之人，是当时著名的板仓判官，此人下令曰：年内余日无多，且人人忙于生计，故从正月二十五日开始调查，在此期间，那十人皆不可前往他国。很快到了初春的二十五日，衙门上情下达，传那十人各携妻子上堂候审，若无妻子，则由其姐妹、侄女或姑母——总之须是平日最亲近的一名女性——陪同到场。有人大发露骨、可鄙的牢骚：未料得同情施恩居然惹来这大麻烦，怪不得老爹遗言勿与穷人交往，果然应验，空舍十两重金，还被衙门传唤，实在太不值了，可见情招损也。总之，十人带着妻子战战兢兢地来到公堂之上，板仓大人笑着让他们抽签，以确定一、二顺序，然后依照顺序将十组名字写在一张大纸上制成名单，派人张贴在衙门前，然后端正威仪肃然宣布：

"此次百两黄金遗失一案，总之在于尔等之过，据本官推测，尔等在场却未能察觉重金丢失，乃贪杯过量以致大醉之故。饮酒之戒自不必说，倘要关照别人，就该做得若无其事不动声色，凑到被救之人眼前，强行劝酒令其享受施舍，乃卑鄙之举。尽早让夫妇二人独处，清算各项开支，方为真情真义。半真半假的情义，反而会使人犯罪，所以要注意。作为惩罚，从今日起，尔等须按照那张名单上的顺序，每天一组，轮流用木棒穿过这里的大鼓，和自己的妻子一同扛着，出了衙门的大门向西行出半里，穿过杉树林，再沿田间小路走大半里，然后再爬一段坡道去八幡宫，请到八幡宫的护符后原路返回。"

众人对这种前所未闻的处理方法感到困惑不解，但毕竟是官老爷的命令，纵然荒唐也抗拒不得，只能照办，于是从那天起，每组夫妇都不得不扛着大鼓前往八幡宫参拜。这一场稀奇的审案消息迅速散布开来，很快便传入好事的京都人耳中，有人一副无所不知的样子，说"板仓大人莫非老糊涂了，不去调查遗失的金子的下落，只胡乱训斥那十人，让他们扛鼓去神宫参拜，简直荒唐，定是连智者板仓也对这次匪夷所思的失盗束手无策，自暴自弃，才想出了前所未闻的扛鼓这一惩罚，企图敷衍了事"；也有老人一本正经地胡诌，说"不不，并非如此，他那是信仰笃深，事事不忘敬神崇佛，以前中国就有夫妇二人扛大鼓拜神祈祷父母病愈的美谈"，别人追问此事见于何书，他便满不在乎地继续谎称不记得了，但确有此事，还怒冲冲地瞪着对方，说"不听老人言，吃亏在眼前"。总之，此事已传遍京城，人们纷纷拥至衙门前围观，一见有夫妇扛鼓慢慢走出大门，众人便齐声欢呼，有人高喊万岁，还有人尖叫道："喂，我好嫉妒你俩。"差役将这些人统统驱逐,并公布禁令:此次惩罚现场,严禁靠近围观。众人这才退散,边走边不住回头观望,仿佛恋恋不舍。那对夫妇心里气极,不知自己造了什么孽,竟不得不扛鼓示众,越想越恨,尤其那女人,起初就对德兵卫并无怜悯之心,在一文钱也舍不得花的除夕夜,丈夫却擅自拿走十两重金,喝得烂醉不省,非但没有一件好事,还和丈夫同被传唤至公堂,不得不扛什么鼓,当众丢人现眼,况且这面鼓涂着鲜艳到令人不舒服的红漆,上面是金漆彩绘的飞天裸女图,在阳光下粲然生辉,臊得她直欲别过脸去。而且,这面鼓大如四斗樽①,就算两人用木棒来扛也很沉重。女人初时尚可忍耐,乖乖地扛,但当二人来到郊外,行近杉树林时,她见四周无人,终于忍不住抱怨起来。

"啊,沉死了。你怎么样?不重吗?看你那蠢样,好像还挺开心,又不是过节。我们又不是小孩子,板仓大人居然让我们扛这么大的红鼓去参拜神宫,太刁难人了。我再也不想关照别人了,再也不想。你们是想趁英雄借机喝酒狂欢对吧,简直荒唐,现在好了,不得不扛这么大这么重的鼓,当众丢人现

---

① 容量约四斗的酒桶。——译者注

眼——"

"行了，别这么说，事情得看你怎样去想。你想想方才衙门门口那一大群人，有何感受？如此被人围观嘲讽，在我还是生平头一遭，可见我们很受欢迎啊。"

"说什么呢。怪不得从今天一大早你就心神不定，穿个衣服挑来选去，前后换了三次，还化了一点淡妆，我没说错吧。快从实招来。"

"别、别胡说。"丈夫狼狈不堪，连忙岔开话头，"话说，今天天气真好啊。"

第二天的一组，是那位颇有头脸的发起人和他十八岁的女儿。

"父亲，"女儿现在代替亡母承担家务，照料父亲，说起话来便也理直气粗，"已故的母亲见我们这副模样，肯定在九泉之下哭泣呢。父亲你是咎由自取罪有应得，却连累我也不得不扛这么大这么重的红鼓，还打扮得像走街串巷的货郎似的，母亲一定很恨你，会变鬼出来找你。"

"别吓唬我。我也不想这样，何况让你这大姑娘扛这种东西，上面还有那种画，我也于心不忍。"

"又来了。'于心不忍'这种漂亮话，你是从哪儿学来的？太可笑了。父亲，你喜欢华丽张扬，这面红鼓很适合你，下次我给你做一件大红外褂吧。"

"别取笑我了。我又不是不倒翁，况且又不是过节，如何穿得出红外衣。"

"可是，有人背地里说，父亲你一年到头都像过节一样心神不定，说你是过节狂。"

"谁？太过分了，这些话是谁说的？我不能当作听不到。"

"我，是我说的。你总是试图把邻居们凑到一块儿，像过节一样热闹狂欢，这下遭报应了吧，大快人心啊。奉行大人果然了不起，识破了你这个过节狂的底细，让你扛这种节庆大红鼓，肯定是想以此作为惩戒，好教你洗心革面。"

"你这孽子！若不是扛着鼓，我非得揍你一顿不可。不过，我确实没料到，向可怜的德兵卫展示我这与生俱来的家长气质，居然落得这般下场。"

"还与生俱来呢，还家长气质呢，父亲，你太可笑了。这种话自己说，证明你老糊涂了，要打起精神来啊。"

"你这混账，就不能闭嘴吗？"

第三天的夫妇——

"你真是个怪人，平时那么小气，尽讨客人的烟抽，这次偏偏毫不犹豫就拿出十两重金。"

"这个嘛，男人的世界不同于女人的世界，有道是'见义不为无勇也'。平日里俭约，也是为那种慈善准备的——"

"说得好听，别以为我不知道，你从前就对那个德兵卫的夫人格外赞赏，难道不是爱慕她吗？都一把年纪了，还做出那种鬼打个喷嚏吓自己一跳的表情，恐怕你的爱慕之情都惊呆了吧，不，我知道，你想想自己的年纪，连孙子都有三个了，却对邻家夫人眉目传情，你还是人吗？还懂得为人之道吗？不，我知道，托你的福，我不得不扛这么重的大鼓，啊好疼，我的神经痛又犯了。从明天起，饭由你做，柴火你劈，米糠酱也得你来搅拌，水井离得很远，每天早上须打回五桶水倒满厨房的水缸，真是大快人心，啊好疼，有你这么个蠢丈夫，我至少少活十年。"

第四天那组也一样，都是女人喋喋抱怨，男人被骂得狗血淋头。有人紧闭双眼放弃反抗，深觉女子与小人难养也；有人一回家就痛殴妻子，上演全武行，开始闹离婚；有一组运气不好，轮到当天下大雪，妻子的叹息和咒骂都来得极其猛烈，夫妻双双感染风寒，回到家就并排卧床，咳嗽得气也喘不过来，仍彼此谩骂不休。扛鼓惩罚的唯一结果，似乎只是暴露了女人嘴毒。

十组惩罚全部结束后，众人又被传唤至公堂，个个噘着嘴板着脸，板仓大人笑眯眯地道："哎呀，此番辛苦了。这是本官的一点谢礼，权当扛鼓工钱，还望你们笑纳。有一对夫妇感染风寒卧床两三天，想必已服过药了，本官也另外包了一服药作为慰劳，不必介怀，还请收下。这次你们不忍见同伴窘迫，各自拿出十两金子相救，是近来罕见的美举，请永远勿忘此心。让你们扛那么重的大鼓，各位男士还遭女伴痛骂，本官对此深表同情。好了，一切都过去了，今后还请和睦相处，精勤持家。话说回来，其中一组，从扛着大鼓走近杉树林时，妻子就仿佛恶鬼附身一般，开始疯狂地大吵大闹，把丈夫过去的不端之处一一列举骂个不停，任丈夫如何安抚也不能平静，反而越发大喊大叫，丈夫左右为难束手无策，就在穿过杉树林走到田边时，丈夫悄声说道：'别闹了，别抱怨了，现在扛鼓只是一时遭罪，而百两金币已是我们的了，你回家打开柜子的抽屉看看就明白了。'真是不可思议呀。说这话的人，自己应该还没忘吧。不，本官并无任何神通。那面大红鼓很重吧？我安排了一个小和尚藏在鼓里，所有事情都是听他说的。现在当场指出那人很容易，但本官认为，此人起初也定是出于真正的情义参与了这次美举，只因醉酒乱了心神，才突然出手行窃。有道是'得饶人处且饶人'，你当感激朝廷慈悲，今晚避人耳目，将那百两金币扔在德兵卫家门口。然后，但看你心中如何想了，倘还知耻，便离开京城吧，朝廷将不予追究。诸位，起立，本官宣布就此结案。"

（《本朝樱阴比事》，卷一之四，《鼓中藏人知因果》）

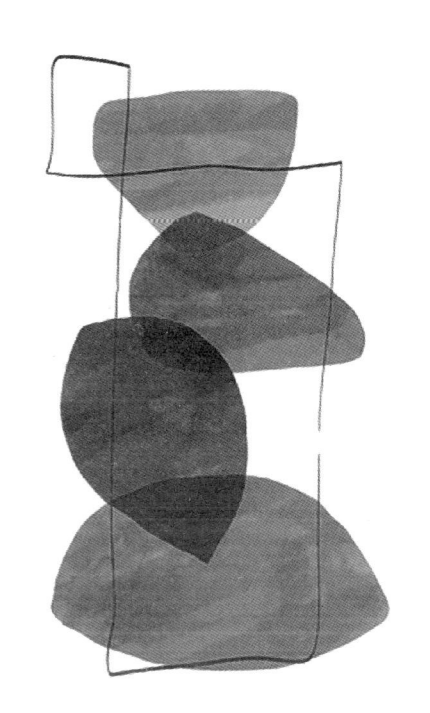

风

流

汉

"凡事讲究一个'忍'字，勿忘此心。虽然辛苦，但须忍耐。黑夜过去，便是黎明；寒冬过去，便是暖春。此乃自然之理。世间万物无外乎阴阳轮转，有道是福祸相依，与大厄紧挨着的，便是一阳来复的大吉。此中道理不可或忘。总之来年必定大吉大利，届时每次上演新戏，你也可以坐上轿子出门。这种程度的奢侈可以允许，我不会介意，所以你出去吧。"

男人匆匆吃完早饭，当即站起身来，一面像煞有介事地信口开河，一面迅速披上外褂，佩好短刀。今天终于到了大年三十，他只想尽快逃离这个债台高筑的家。在这一天，哪怕一文钱对家里也很重要，而他却在手匣底部扒来扒去，划拉出两三枚一分金①和三十颗小粒银②，统统装进荷包塞入怀中，"我留了一点钱，从中除掉你正月的零用钱，剩下的一点一点打发那些讨债人吧，用光了就睡觉。面朝那边睡，看不到讨债人的脸，能好过一点。凡事讲究一个'忍'字，今日一整天都要忍耐，可以面朝那边躺下装死。切记，世间万物无外乎阴阳轮转。"说完，便一溜小跑出了家门。

一离了家，男人突然变得道貌岸然，整了整衣襟，挺胸昂头，徐徐而行，其悠然从容之态，宛若有钱的大老爷四处闲逛，观庶民景气，阅世事变迁。而实则，他心里却在胡乱念叨着天神、观音、南无八幡大菩萨、不动明王摩利支天、弁天大黑、仁王等所有神佛之名，祈祷这些神佛救苦救灾，助他在这可怜的一天逃过大难。他眼前一片漆黑，浑身寒毛倒竖，背上冷汗涔涔，只觉世间无处容身，似已堕入阿鼻地狱。这种欠债之人，唯有一个去处，便是烟花巷，但这男人的风骨本就不坏，而越是相貌出众的男人，欠债便越多，他也欠了很多窑子的钱，走到一家欠人债的窑子门前，便斜着身子像螃蟹一样横行绕过，来到另一处脏兮兮的陌生窑子，从厨房门溜了进去，大呼小叫

---

① 江户时代的一种金币，一枚相当于一两金币的四分之一。——译者注
② 江户时代的一种银币，形如豆粒，重量不等，约在3.75克到37.5克之间。——译者注

道:"鸨婆何在?"然后悠然步入厨房,"哦,看来这里还没结清大年三十的账。有了,有了,账单。这些乱七八糟的账单,合计才三四十两?真是世态百样啊,有的人家过年连三四十两的账也结不清,还有的则像我家,光是付给绸缎庄的钱就多达百两,不是我不舍得花钱,内子在穿衣上那般挥霍,有时不能为大量用人做好表率,下次若不稍稍收敛就麻烦了。我还考虑要不要送她回娘家以作惩戒呢,她却不巧怀孕了,偏又赶在今儿个这忙碌的大年三十即将分娩,家里从一大早就乱成一团。孩子还没出生呢,先把乳母找来了,产婆也找了三四个,简直荒唐,悔不该娶个千金小姐做老婆。今早,内子的一大帮娘家人赶来看望她,这个要找山僧,那个建议祷告,我们这边分明已找来三四个产婆,他们却还觉得不够,又带了个大夫在隔壁房间候着,用锅熬煮什么催生药,还派人四方奔走取来子安贝[①]、海马、松茸头等莫名其妙之物,说要用来制作安产的咒符。我实在烦透了有钱人的小题大做,幸亏人家告诉我,家主在这种时候反而不可留在家中,于是我赶忙逃来这里,简直像是被讨债人追着跑了出来。今天是大年三十,肯定有躲债的人,实在

---

① 即绶贝,在古代被视为产妇的护身符。——译者注

可怜。这种人究竟是何心情呢，怕是借酒浇愁愁更愁吧。唉，同人不同命，啊哈哈哈哈。"他的笑声有气无力，"说来荒唐，可否允我在这里玩上一天，直到孩子出生？当然，大年三十得付现金。偶尔在这种小门小户里偷耍一番也不赖。哟，买了过年吃的鲷鱼啊，太小了。虽是小门小户，倒也不必过于拘谨，反正都是图个吉祥，何不买条大鱼呢？"他淡然说着，将一枚一分金丢在鸨婆大腿上。

鸨婆一直笑嘻嘻地听他说话，随口应和着，心中却想：哎呀呀，这人真是个蠢货，居然扯下如此大谎，也不想想，我们若将客人的空口白话当真，如何还做得下生意呢。倒也有那发酒疯的老爷，故意走厨房门进来吓唬我们取乐，但那种眼神可不一样，方才你从厨房门外窥探的眼神，简直和罪犯的一模一样。你是被讨债人撵过来的。每年一到除夕，总有两三个这样的客人。世上多有似是而非之物，五彩斑斓的外褂配上白柄短刀，在不知情者看来许是显贵之身，但在婆婆我的眼中，不过是无用的小花招罢了。这家伙多半娶了个大自己十五岁还多的老婆，只为垂涎一点嫁妆，而那点钱也很快就花了个精光，体态肥硕的白头老妻侧身而坐，鼻头流汗陪着夫君晚酌，那场面想想就可怕，你懒于赚钱勤于典当，让母亲踩碓舂黑米，让弟弟走街串巷卖煮豆子，卖剩下的发酸豆子是一家人的家常菜，便如此，夫妻俩还时常埋怨老母亲吃得太多，怒目相向。不过嘛，分娩的混乱场面倒是花了一番心思。找来四个产婆，大夫在隔壁房间熬煮催生药，编得真不错。大家都想当那种贵人呢，大笨蛋。看来你还有点钱，既是肯付现金，我们自然奉陪，好吧，祝你玩得开心。总之，这枚一分金我先收下，好像不是假币。

"哎呀，太开心了。"鸨婆做出娇媚的表情，将一分金收起，"不买鲷鱼，这钱瞒着我男人，我拿来买腰带吧。哦呵呵呵。这个年底，我本已做好准备迎穷神了，没想到竟来了这样一尊大财神，看来明年一年也必定幸福，奴家谢过老爷。来，快请进。哎呀，怎能坐在这么脏的厨房里呢，您太洒脱了，我都惶恐得出了一身冷汗呢。不管怎么说，这都在于性格。好像只有那些有钱的大老爷，才喜欢走厨房门，教人为难。穷人家的厨房，在他们看来很是稀罕。好了，洒脱也不能太过。来，里边请。"这世上顶可怕的，便是鸨婆的恭维。

这位老爷故作腼腆，摇了摇头，道了句"唉，我实在说不过你"，便施施然抬脚进屋，装腔作势道："无论如何，在食物上还请仔细，万万不可马虎，毕竟我嘴养得刁了。"

鸨婆越发惊诧，心想：瞧瞧你那穷样，像是吃过美食的吗？看那惨相就知负债累累焦头烂额，穷得快揭不开锅了，还说什么嘴养刁了，简直教人笑掉大牙，半碗粥也不给你喝，好菜更是浪费。

厨房里刚好有两个鸡蛋，鸨婆便拿起鸡蛋扔进铜壶，做了一道最省事的菜——煮鸡蛋，再撒上盐，便和酒一起端了出来。

男人神情古怪，问道："这是……鸡蛋？"

"嗯，如何？合您的口味吗？"鸨婆若无其事地答道。

男人果然难以下口，抱着胳膊面露难色，"这一带盛产鸡蛋吗？这鸡蛋若有何来历，我倒是不妨一听。"

鸨婆强忍笑意，"不，鸡蛋哪有什么来历，我只是觉得，这道菜与分娩有缘。况且，吃腻了山珍海味的老爷，经常趁酒兴要吃煮鸡蛋呢，哦呵呵。"

"原来如此，我明白了。啊哈，很好。鸡蛋的形状，总是那么好看，干脆请你为它添上眉目吧。"男人说了一句很蹩脚的双关语。

鸨婆听出了话外音，喊来一名人老珠黄的妓女，小声叮嘱道："那客人是个出身贫贱的大笨蛋，但似乎还有一点钱，今天是大年三十，你应该能小赚一笔，只需恭维他即可。"说完，便推那难看的妓女进了客人的房间。

男人毫不知情，兴奋地道："哟，鸡蛋的眉目来了。"他剥开煮鸡蛋吃了起来，嘴角沾了蛋黄，觉得今天没准儿会被迷住，一时甚至忘了自家的窘迫，喝光一瓶酒又喝第二瓶，喝着喝着，总觉得这妓女好像见过。这男人虽蠢，记女人的记性却强得离谱。

女人则一边在心里盘算着大年三十的诸项开支，一边只在表面上露出温暖如春的笑容，向客人劝酒，"啊，真讨厌，又要长一岁了。今年正月，客人就取笑我，说我迎来了十九岁的春天。我还很开心地玩板羽球，以为会有好事发生，糊里糊涂地过日子，结果再过一晚，我都要二十岁了。二十岁什么的，真讨厌，只有十多岁的时候，才是快乐的。这么漂亮的振袖，来年再穿就不合适了。啊，真讨厌。"她捶打着腰带，显得很苦恼。

"我记起来了。你捶打腰带的动作让我记起来了，"男人发挥了强得离谱的记忆力，"距今正好二十年前，花店举办宴会，你就坐我前面，说着同样的话，用同样的动作捶打腰带，当时你也说是十九岁，已经过去二十年了，所以你今年是三十九岁。屁的十多岁，来年都四十了。一件振袖一直穿到四十岁，还有什么可惋惜的。虽然你身形娇小，显得年轻，但现在还敢自称十九岁，也太过分了吧。"连这见惯了场面的风流汉，也忍不住高声斥责，女人一言不发，俯首合掌。

"我又不是佛，别拜了，不吉利。真扫兴，喝酒吧。"男人拍拍手召唤鸨婆，鸨婆迅速察觉到了房间里的糟糕状况，带着越发欢快的笑容跑进来，"啊，老爷，恭喜。肯定是个男孩。"

"什么男孩？"客人面露诧异之色。

"您可当真悠闲，莫非忘了家中产妇？"

"啊，原来如此。已经出生了吗？"一切都变得莫名其妙。

"不，生没生我不清楚，但我刚刚在榻榻米上卜卦，连续三次都是同一个卦象，预示肯定是个男孩。我算卦很准的。老爷，恭喜。"鸨婆两手扶地鞠了一躬。

"不不，不敢当你三番两次道喜。给，这是喜钱。"客人再度从荷包里取出一枚一分金，扔在鸨婆跟前，脸上红光满面，心里很是腻烦。

鸨婆收起一分金，"唉，怎么办呢。今年自入暮以来，尽是这样的喜事。回想起来，我今早做了一个梦，梦见祥云朵朵，千鹤舞空，四海浪分，万龟竞泳。"她陶醉地翻着眼珠，一边开始讲故事，一边将金币塞进腰间，"是真的，老爷。醒来之后，我还觉得这是一个不可思议、难得一见的梦，一直惦记着呢，恰在此时，您这个风流老爷就从厨房门走了进来，说要在此借宿直到家里生完孩子，可见那梦果然灵验，这想必也得归功于您平时信仰虔诚。哦呵呵。"鸨婆拼了命地恭维。

这样的恭维委实太过露骨，让人听了肉麻，客人心里很是别扭，连忙道："知道了，知道了。可喜可贺。对了，没有什么吃的吗？"

"哎哟！"鸨婆夸张地向后仰去，显得很震惊，"我还担心不合口味呢，看来您很喜欢鸡蛋，一点不剩全吃光了，所以我喜欢你们这些风流之士。在吃腻了山珍海味的老爷眼中，这类东西才叫稀罕呢。好，既然如此，接下来该上什么菜呢。盐渍干青鱼子如何？"这道菜也不费事。

"干青鱼子？"客人一脸悲痛。

"啊，产妇分娩嘛，干青鱼子正合适呀，对吧，阿蕾。这可是吉祥物，蛮有寓意的，老爷们最喜欢拿这东西下酒了。"说完，鸨婆便快步离去。

老爷越发面露难色，"方才鸨婆提到阿蕾，那是你的名字？"

"对，没错。"女人破罐破摔，扬声答道。

"就是花蕾的蕾？"

"真啰唆，还要人家说几遍啊。你自己不也头发稀疏，还左问右问不肯罢休，太过分了，太过分了。"说着，女人哭了起来，边哭边露骨地问，"你有钱吗？"

客人一惊，"有一点。"

"给我吧，"女人此刻毫无风情可言，"我有麻烦了。真的，我从未遇到过像今年年底这么大的麻烦。我把大女儿嫁了出去，还以为暂时可以安心了，但你知道吗？不过一年时间，她就穿得乞丐似的，怀抱一个婴儿，于四五天前回来找我哭诉，说她丈夫拎着手巾去澡堂，结果一去不复返，原来是去别的女人家了。多可笑啊。女儿固然窝囊，可她丈夫不也很过分吗？说是很有教养，好像擅长俳谐还是什么，长了一张又平又僵的脸，我当初就不满意，偏偏女儿为他着迷，没办法只能同意两人在一起，谁知他一去澡堂居然就不回家了，这也太糟践人了，可不是笑一笑就能过去的小事。女儿今后带着小孩，可怎么过呀。"

"这么说，你有孙子了。"

"有，"女人说这句话时，脸上没有一丝笑容，随后猛地把脸一扬，神色凄楚，"请别瞧不起我。我虽然差劲，也还是个人，既有子女，也有孙儿，没什么好奇怪的。给我钱吧，你不是说很有钱吗？"说完，女人脸颊抽搐，笑得诡异。

那笑容对风流汉起了影响，"不，我没那么有钱，但一点点还是有的。"他颇惊慌地从荷包里掏出最后一枚一分金扔了出去。

啊，此刻白家老婆大概正背对讨债人躺着装死呢，哪怕只有一枚这样的一分金，她至少也能让三四个讨债人面露笑容，我这是做了怎样的蠢事啊。

一念及此，男人心中五味杂陈，又是后悔又是恐惧又是焦躁，搅和得他简直要活不下去了，便涩声试言道："啊，太好了。鸨婆卜卦说是男孩，可喜可贺呀。这鸨婆倒会说话。"

阿蕾扑哧一笑，万事洞察于胸，"不如干脆痛饮欢闹一场。"说着，起身去取酒壶。

客人独留房中，暗淡、忧愁、无奈，终于痛苦得放了个屁，觉得丢脸，便起身开门散味。"来吧庆祝吧。"[1]——他试着哼唱了一句不合时宜的小曲，心情却丝毫未见起色，很快，他便与三十九岁的阿蕾对面痛饮，用茶碗大口大口地灌酒，可两人却越喝越严肃，终究互相对视一眼叹了口气。

"天还没黑吗？"

"你在说笑吧，还没到中午呢。"

"好吧好吧，日头长啊。"

地狱半日，龙宫千年。吃了煮鸡蛋一直打嗝，悲伤也无穷无尽。

---

[1] 江户时代的著名小曲《江户日本桥》中的一句。——译者注

"你快回去吧，我现在要睡一觉。待我醒来，孩子也该生完了吧？"此刻，这谎言令男人自己都不禁苦笑。他倒头躺下，声音无力地恳求道："真的，快回去吧，别再让我看到你那张脸了。"

"好，我走。"阿蕾定了定神，从客人的餐盘上抓起两三个干青鱼子抛入口中，"顺便在这儿吃午饭吧。"

客人闭眼也睡不着，感觉自己仿佛被卷入了一个大漩涡，辗转反侧，最后禁不住念起"南无阿弥陀佛"，就在这时，走廊里传来粗重的脚步声，"啊，在这里。"两个学徒打扮的小伙子冲进房间，"老板，你太过分了吧。我们猜到你一定就在这附近，挨家挨户地找，都快累死了。若当真没钱也就罢了，可你明明有钱吃喝玩乐，今年欠咱们的账多少也该结一点吧。"说着，两个小伙子拿出账单，把躺着的男人叫起来，三人凑到一起小声谈判，不消片刻，男人荷包里的小粒银便都给了出去，连外褂、短刀、里衣也脱的脱解的解，两个小伙子各自用包袱皮裹了，丢下一句"剩下的账到正月五日再算"，便匆匆离去了。

风流汉浑身上下只剩一条裤衩，那副怪模样简直难以形容，他诡异地一笑，道："实在不好意思，有个朋友哭着求我为他画押作保,结果他不幸破产,连累了我,俗话说'宁愿借钱,也别画押'果然没错。总之,大年三十总会发生意想不到的事,我这个样子也出不去,就让我在这里一觉睡到天黑吧。"他嘴里反复念叨着"阴阳"二字,又痛苦地躺下继续装死,同自家妻子如出一辙。

厨房里,鸨婆和阿蕾聊着"笨蛋就是一脉尚存之人"大笑不止。据早年间浪花[①]的一个风流汉述怀称,过去浪花一带有许多这样的风流汉和可怕的窑子。

(《细盘算》,卷二之二,《闻讹言顺势诈财》)

---

① 大阪市一带的古称。——译者注

寻欢戒

很久以前，畿内有三个风流少年，分别叫作吉郎兵卫、六右卫门、甚太夫，家境富有，父慈母爱，仪表不俗，且非不像话的傻瓜，三人相约行游，渐感畿内游玩不够刺激，风闻东国有一残暴游戏，唤作"生剜马眼①"，甚为憧憬，便于某年秋天踏上江户之旅，三人不急赶路，优哉游哉，途中欢笑不断，但也常说些天不怕地不怕的恶语——"世上无美人，肤色白的鼻梁塌，眉清秀的下巴短，既然如此，与其被女人喜欢，还不如被女人讨厌，真想试一试被女人狠狠甩掉。"到了江户，四处游逛，却不见那生剜马眼的杀伐风景，而这江户地界果然也是钱说了算的，三人到处受尽了殷勤款待，不由得甚感失望：江户也

---

① 这是日本的一句俗语，用来形容"眼疾手快雁过拔毛"，含损人利己之意。因为奔马速度快，剜马眼难度大，故而有此比喻，并无真实典故。——译者注

无可怕事物，难道便无一处有那刺激魔性的东西吗？三人袖手闲逛，从上野黑门往不忍池行去，途经有名的金鱼店"市右卫门"时忽然驻足，向内一瞧，只见院子里整然排列着七八十个洁净的鱼塘，每个塘中皆有清水流淌，水底绿藻摇曳，金银之鱼穿梭藻间，鳞片闪亮，其中有尾鳍长过五寸的，颇似曼妙女身，连那三个狂妄自大的花花公子，也不免瞠目惊叹，齐声叫嚷竟在此地发现了日本第一美人，继而围观者愈众，陆续有人愿出五两、十两等高得离谱的价格购买那条金鱼，甚至毫不还价，浑不在意。三人见状异常兴奋，你一言我一语，交口称赞江户果然不同，这种事在畿内是见不到的，那条价值十两的金鱼，怕只会成为某个大名公子的玩物，养上三天就算被猫吃了，也不至懊悔，再来这里买一条就是。武藏野不愧是繁华之地，这才对江户有了新的认知，仅是见识这一幕便已不虚此行，有了回到畿内向人炫耀的资本。正当三人喜不自胜，互相颔首合意之际，一个打扮寒酸的矮小男人提着一个小桶——桶里插着捞鱼用的小圆网——迈着小碎步来到店里，一个劲儿地冲掌柜鞠躬赔笑。三人往小桶里一看，只见有无数孑孓正在游动。

"那是喂鱼的饵料吗？"一人嘀咕道，面现败兴之色。

"肯定是。"另一人也叹了口气。

不知怎的，三人热切的心情瞬间冷却，变得严肃起来。区区金鱼而已，有人不惜花费十两重金购买一条，也有人靠着贩卖喂鱼的饵料勉强维生。不谙劳苦的三个花花公子，也不禁感慨万千，暗叹江户是个深不可测的恐怖之地。

满满一小桶孑孓，只卖了二十五文钱，即便如此，那小个子似乎仍很高兴，甚至冲店里的男佣也殷勤地道了声"回见"，然后才匆匆离去。

"哎呀，那不是利左吗？"望着那人卑微的背影，一人说道。

另两人吃了一惊。是那个素有"月夜利左"之名，风度翩翩，年少多金，常与我等三人同游，人称"四天王"，数年前为一个名叫吉州的名妓赎了身，便突然销声匿迹了的利左卫门？怎么可能。然而，那人的确越看越像。

"是利左，没错，"一人下了断定，信心十足，"走路时微耸右肩，是利左长年以来的习惯。曾经有个女人，一直劝我也耸起右肩走路，说那样很别致，当时烦死我了。肯定是利左，快叫住他。"

三人跑上前去，抓住那人一看，惨呀，正是落魄的利左。

"利左，你太过分了。虽说我当初也有点爱慕吉州，但你看，我并不怎么恨你。可你却一声不吭就消失了，也太生分了吧。"吉郎兵卫道。

"是啊，是啊，不管境况多难，至少该打声招呼再走。遇到困难时，彼此都一样。光是同喝花酒寻欢作乐，可算不上朋友。这么一看，你穿得太寒碜了，唉，这还是那个月夜利左吗？你当初只要告诉我们，哪怕捎一句话来，也不至沦落到卖孑孑的田地，简直荒唐。"甚太夫也流着泪埋怨道。

六右卫门露出一副深明事理的表情，拍了拍利左卫门瘦削的肩膀，"不过，利左啊，能遇见你真是太好了。你当初不知去向，我们一直都很担心。少了你在，岂不寂寞。畿内已无甚可玩，所以我们来了江户，但缺了你相伴同游，去哪里也是无趣。今日在此撞见，你可跑不掉了，不如跟我们回畿内，还像以前那样，我们四人尽情畅游，岂不美哉。不用担心钱或别的，不是夸口，自有我们三人关照，保你一生无忧。"

他的话听起来很可靠，利左却铁青着脸嗤笑一声别过头去，道:"你在说什么呢。关照我？你们是那块料吗？莫非是特地从畿内来这里消遣我利左的吗，真是辛苦你们了。我做这个是因为喜欢，你们不用管我。玩到最后，大家都是这样的下场。哼。现在的你们，还不知道会发生什么。保我一生无忧？真让人笑掉大牙。不过，念在当年相熟的情分上，还是请你们尝一尝江户的茶碗酒吧。我利左就算落魄，也不会让你们请我吃饭的。想喝酒就跟我走。啊哈哈。"他空虚地笑了笑，拎着小桶快步前行。

三人尴尬地面面相觑，姑且还是追随利左跟了上去，利左大摇大摆地走进一家极脏的酒馆，倒捏着荷包扬了扬，"老板，我就这些钱，要请老伙伴们喝酒，来四大碗。"说着，他一如既往地表现出慷慨大方的样子，把方才赚的二十五文钱都丢了出去，一个子儿也不剩，仍在门口徘徊的三人，心下不禁黯然：啊，利左的妻子怕是还指望用那笔钱购买今晚的米粮，现下正洗锅苦候呢，而利左纵然落魄，许是出于无谓的意气或虚荣，想表明自己并不吝啬，真是可怜。

"喂，别磨蹭了，坐下喝吧。茶碗酒的味道可是忘不掉的。"利左一边咧嘴苦笑，一边大口吞酒，故意表现得十分粗俗，还用手背绕着嘴抹了一圈，低声呻吟着"啊，真好喝"，像是证明自己并未撒谎。三人也战战兢兢地在酒馆一隅落座，端起豁了口的茶碗，默然饮干碗中酒，些许醉意上涌，话也多了起来。

"对了利左，你现在还和吉州在一起吗？"

"'现在还'是什么意思？"利左出言不逊，汹汹问罪，"我看你们这常出来玩的，也不怎么老练，说话要当心。"说完，他立刻又卑屈地笑了笑，"正是因为那个女人，我才如你们所见卖起了孑孒，你们也该适可而止，最好别再去逛窑子了，我这么说是为你们好。号称畿内第一的名花，若是纳为妻妾再看，过上三天就会枯萎。现如今，她已成了窝棚里的老妈子，一个月不洗澡也不当回事。"

"有小孩了？"

"当然，这还用问吗？一个四岁男孩，脸长得不像父母倒像猴子，在窝棚里安静地玩耍，仿佛天生就是穷人家的孩子。要不带你们看看？或许能给你们一点警示。"

"带我们去吧。我也想见一见吉州。"吉郎兵卫吐露真言。

利左脸上浮现出令人毛骨悚然的微笑，"见了就会嫌弃的。"

说完，便踉踉跄跄地走出了酒馆。

谷中①之秋，黄昏寂寥，所谓江户，有名无实，这一带是一大片竹林，在风中簌簌作响，来到群雀——非是黄莺——初啼的镇郊，穿过阴暗潮湿的巷子，额上沾着尿布的水滴，跨过南瓜藤，只见一个老太婆正把那脏兮兮地扒在篱笆上的、顶端的叶子已然枯萎的牵牛花的种子一粒一粒地收集起来，喃喃自语着"播下这些种子，期待来年再收"，全然忘了自己那似已年过八十、面目全非的老躯连能不能活过明天都未可知，更别说来年了。其欲望之深，令三人面面相觑，目瞪口呆，唯独利左，若无其事地弯下腰，"婆婆，那牵牛花的种子也分给我家一粒两粒吧，总觉得快要阴天了呢。"邻里的情谊，刻薄的奉承。从细绳绑着的晾干的烟草下方钻过，尽头是一栋破房子，一个四岁男孩从窗里叫道："啊，爸爸带着钱钱回来了。"

三人一齐驻足，利左装作若无其事，"就是这里，这栋房子。三人都进来，就没地方坐了。"他笑了笑，又招呼妻子，"喂，有客人。"

---

① 东京都台东区西北部地名。在江户时代是有名的非公开的烟花之地。——译者注

屋里有人细声道:"三人之中,曾承蒙伊豆屋吉郎兵卫先生寄情于我,还是请回吧。"

吉郎兵卫张皇失措,"不,何必这么说呢,以前的事就让它过去吧。"

利左也苦涩地笑了笑,"没错,没错。住窝棚的老婆子还谈什么情啊,别自恋了,"他语气冷漠,打开摇摇欲坠的破门,请进三人,"坐垫一类的雅物欠奉,但茶水还是有的。"

女主人面色苍白,衣着褴褛,草草掩上两片下襟,侧身而坐,拢起凌乱的头发,仰脸看向三人,微微一笑,只小声道了句"嘿",连施礼都忘了。男主人似忙碌地在狭小的房间里走来走去,将佛龛偏了的一扇门扳正,拿菜刀敲碎茶饼,燃起泥炉煮茶,再看那先前从窗户里露过面的男孩,不知何时已躺在房间一隅的一张被子里,裹得严严实实,似乎浑身赤裸,嘴唇发紫,冻得直哆嗦。

"小孩好像很冷啊。"一位客人脱口说道。

女主人并未起身,扭头看了看孩子,若无其事地道:"他说不喜欢穿衣服,就算给他穿上也会立刻脱掉,就那么裸睡,真是怪癖,大概是害疳虫了。"

小男孩大声哭道:"骗人,骗人。我刚才掉沟里了,没什么可穿的,就让我这么躺着,等衣服晾干。"

女主人固然坚强,此时也终于忍耐不住,顾不得还有客人,趴在地上痛哭。男主人揉着眼睛,假装被泥炉冒烟呛到了。三位客人无计可施,默不作声地互使眼色,开始准备回去,草草打了声招呼,穿上草鞋来到门口,彼此小声嘀咕了几句,三人将身上所携钱财悉数取出,共计三十八枚一分金和七十颗小粒银,堆放在门口的一个小碟子上,蹑手蹑脚地离开了。

走出狭巷,三人一同长出了口气,就在这时,身后响起利左的声音,"别胡闹了!"三人吓了一跳,转身看去,只见利左卫门手持装满金钱的小碟子气喘吁吁,"你们到人家里来,连茶也不喝就走,还把这些狗屎般的东西丢在门口,连如何与人交往都不懂,你们这几个黄口小儿,竟敢如此小看我月夜利左。我不想再看到你们这三张人中极长的脸了,拿上这个快滚吧!"他声色俱厉地又喊了句"别小瞧我!",将那小碟子摔在地上,瞬间消失在幽暗的巷子里。

"唉，真惨。"吉郎兵卫抹了把冷汗，"不过说起来，吉州也已变成一个肮脏的女人了。"

"色即是空吗？"甚太夫嘲讽道。

"真的，"吉郎兵卫不苟言笑，叹了口气，"从今天起，我不再寻欢作乐了。我眼前清楚地看到了卒都婆小町①。"

"我都想出家了，"六右卫门仿佛在自言自语，"我觉得自己已经被杀死了。可怕者莫过于落魄旧友，纵然路左相逢，或许也该避免主动搭话。谁？是谁先搭话的？"

"不是我，"吉郎兵卫噘着嘴嗫嚅道，"我，只是，想和吉州见一面，然后……"

"就是你。"甚太夫语气冷静，"是你跑在最前头，最先打招呼，而且让那家伙带我们去他家的人，不也是你吗？好色之念真该克制啊。"

"我没脸见人，"吉郎兵卫坦率地道歉，"以后坚决不再吃喝嫖赌。"

---

① 能剧曲名。观阿弥作。"卒都婆"是立在坟墓后方的塔形木牌；"小町"指剧中的百岁老妪小野小町，后引申为"美女"之意。——译者注

"洗心革面的同时，不妨把散落在你脚下的钱币捡起来，"六右卫门心情不悦，胡乱发火，"这可是天下之宝——以前青砥左卫门尉藤纲如是说。"

"是渡滑川时说的吧。好吧，好吧，我就是那挖河道的壮工。我找，我捡，"吉郎兵卫撩起后衣摆，在昏暗的地面上爬行，拾集一分金和小粒银，"如此一一捡拾，方知金钱可贵。你们也帮我捡捡看，心里会感觉很踏实。"

骄奢淫逸的三人，见了昔日游友利左的悲惨生活，顿感意兴索然，觉得寻欢作乐也好什么也好，都很枯燥无味，神情变得仿佛深明事理，回到客栈，自翌日开始像煞有介事地巡拜江户的神社佛阁，终于到了返回畿内的前夜，三人拜托客栈的人将一大笔钱带去谷中的利左家中，并不厌其烦地千叮咛万嘱咐，说男主人不会接受，要偷偷交给女主人。然而过了片刻，那使者苦着脸回来了，称自己按照吩咐去了那户人家，但那家人已于昨日搬去乡下，问遍了左邻右舍，终究未能打听出他们的下落，不知去了哪里。二人听了，想到利左的下场，事到如今仍不免毛骨悚然，流泪发下莫名其妙的誓言：我也当自省，啊，再也不去寻欢作乐了。顶着寒意越来越盛的凛冽的秋风，三人在东海道上匆匆赶路,各自回到家中后,仿佛摇身一变,成了小气吝啬、万事谨慎的人,据说为此,烟花巷一时都变得萧条。这一章旨在警诫世人,寻欢作乐当适可而止。

(《西鹤置土产》,卷二之二,《他人视我同孑孓》)

吉野山

敬启。久疏问候。听闻您喜得贵子，此大庆也，乃家运益发隆昌之兆，我很羡慕。一家人生气勃勃精勤家业，晚饭后的团圆想必也格外喜乐吧？过年时麟儿降生，诚可谓双喜临门，仿佛京城的初春亦是为己而来，一家人的欢笑倍加热闹，昔日游伴也齐聚一堂，交杯换盏畅饮京城的上好美酒，总之乐子是京城人的。话说回来，大家想必都在看我的笑话吧，想知道那个前些年鲁莽出家，改名为"眼梦"进入吉野山深处的九平太近况如何。我并非有意挖苦。眼梦，如是，此刻正坐在冬日吉野山的庵室之中，冻得瑟瑟发抖，痛悔当初莽撞。仔细想来，我出家遁世毫无意义，徒惹父母兄弟悲泣，以你为首的朋友，都频繁忠告我放弃无用的皈依，可我越是被阻止，反而变得越固执，觉得无论如何必须出家遁世，嚷着"别拦我，别拦我，我已厌倦浮世，有道是'以为明日依旧在，樱花易谢早无缘'"，剃光了头发，然后立刻偷照镜子，发现光头一点也不适合我，简直和我平素最瞧不起的胡同庸医珍斋一模一样，而且直到那时我才发现，自己头上到处都是小秃斑，不禁心烦意乱，其实从那一刻起，就有点后悔了。坦白的同时，我也不想隐瞒出家遁世的动机，顺便也说了吧。

我被你们接纳入伙，同去寻花问柳，却一向不讨女人喜欢，但我喜欢寻欢作乐，看到你们开心，我才勉强振作，骗取店里的钱七拼八凑邀请你们，果然还是独我一人不受欢迎，而账总是我结。有一晚我意兴阑珊，破罐破摔，对女人说："不被女人甩的男人不是一个合格的男人。"那女人坦率地点了点头，以十分钦佩的语气道："这样的心思真的很重要呢。"我无地立足，大喝一声"无礼！"，痛殴女人之后，彻悟诸行无常，这才决意出家，今日仔细一想，只能独自苦笑，像我这样一个粗俗、贪婪、认死理的男人，是不可能被姑娘喜欢的，当初就该老老实实地接受老爹推荐的乡下女人。山中独居，诸多不便，煮饭权当散心，还可忍耐，但要盘坐缝补内衣的破洞，以及蹲在井边洗兜裆布等，可悲之处更甚过打扫茅房，就连诵经，没人旁听也毫食野果悠然度日，尽享山居之乐，但正所谓"耳闻是极乐，眼见是地狱"，耳听为虚眼见为实的道理不假，这一带的山珍野味，无一不是有主之物。今秋我不小心摘了两三根松茸，就遭了大难，险些被守山人活活打死。还有这方丈庵，本是用来看护附近栗树林的小屋，被我借赁过来，租金着实不菲，却只有庵后的五坪地可以自由支配，我便找人低价转让给我一些萝卜和胡萝卜的种子播在地里，因为买菜很贵。说来败兴，实在惭愧，原来就算出家，有时也不得不撩衣挽袖挥舞粪勺；不得不在廊下挖大洞，埋入收获备冬；不得不眼睁睁地看着近在眼前一望无际的树海，却只能向村民购买柴火，不然就会惹来不满。来到这里竟突然尝到了浮世辛酸，我已完全不知自己为何遁世了。未承想遁世竟还如此耗财，我也没带多少钱来，荷包越来越瘪，底气越来越虚，不知起过多少次下山的念头。

然而，一朝舍弃浊世的法师又恬不知耻地回到浊世的父母家中哭着道歉，实为古今皆无先例之事，我毕竟多少尚知廉耻，也想争一口气，况且，就算离开这里，考虑到欠村民的各项费用已积攒了许多未还，而现在借用的寝具和炊具倘若返还，恐无劲头，很快变得无聊，不是独自失笑，就是干脆放弃，起身瞭望冬日山景，也不同于京城人的"雪降如见花""此花非春花"①，可以欣然歌唱，我这里雪就是雪，空有一个"冷"字，教人怒从心头起，痛骂那位歌人是骗子。天寒若此，一件缁衣终究难挨，外面加披棉袍，颈上裹以狗皮，光头也凉，所以无论起居都蒙头遮面。狗皮是山下村民谎称熊皮骗我买下的，价格高得离谱，我见尾巴长得出奇，周围夹杂白毛，后来便问村民，这不是黑白相间的斑点狗皮吗？对方回答说，白色部分是熊身上的月牙，有些熊的月牙就是长在屁股上的。太过分了，气得我说不出话来。这山下的村民实在品行不端，老是骗我。彻悟诸行无常的弃世之人，除了认为钱财乃身外之物，还嫌村民带来的米和豆酱太贵，而我一说贵，对方就显得怒气冲冲，装作立刻就要带上东西离开，还自言自语般地嘟囔说，料想出家人生活不便才耗时一天把这么重的东西运进深山里来，不要就算了。我很清楚，没有这些东西，我只能饿死，就算下山去找其他村民，价格也不会相差许多，所以我只能哭着买下那些昂贵的米和豆酱。我原以为山里到处是草木果实，可以随意摘

---

① 这两句分别出自纪贯之的两首和歌，均以"花"喻"雪"。——译者注

怕也会在钱的问题上惹来麻烦,所以下山的决心便动摇了。这么说多少也是顾及体面,我之所以不能马上下山,其实还有一个痛苦的理由。京城我家那今年八十八岁的老祖母,在大约二十年前,曾将珍藏的百两私房钱放在一个小茶壶里,盖紧壶盖藏了起来。宅院草丛深处,是并排三棵杉树,树下有一个自古传下来的供奉五谷神的小神龛,神龛廊下有一块托盘大小的平坦的石头,那藏钱的茶壶就埋在石头底下,祖母每天拄着竹杖,在庭院里装作巡视四遍——从清晨到日暮有三遍,晚上睡前还有一遍,然后偷偷走进草丛深处,目光炯炯地确认藏钱之地平安无事。我年仅五六岁时,祖母很疼爱我,而且大概觉得我只是个小孩,便有所松懈,有一天,她带我去草丛深处,指着那块石头嘶声道:"那底下有一百两,谁关心奶奶,奶奶就分给谁一半——不不,分一成。"

从那以后,我便一直在意那处地方,好奇得不行,二十年后被你们教会了寻花问柳,顷刻间手头拮据,于是起了歹心,终于在一天晚上,我借月光挖开石头下面,顺利找到那把茶壶,从中擅自借走三十两,又将茶壶依原样埋下,压上石头。我一时间提心吊胆,生怕祖母发现,连饭也吃不下,拜天伏地一心祈祷太平无事，祖母许是上了年纪，尽管依然目光炯炯，却似乎看不穿石头底下的情形，即使每天查看四遍，每次回来都面色如常，所以我的胆子越来越大，后来又偷过十两、二十两，不久彻悟无常出家时，顺手偷偷借走了剩余的钱当作盘缠，只要祖母活着，我就不敢回家。祖母定然尚未发觉茶壶已然空空如也，恐怕还在一如既往地每天巡视四遍呢，倘若未及察觉就猝死了，倒也算是喜丧，而且我的罪孽将永远成为一笔糊涂账，我仍可以大摇大摆地回家。但以祖母的那般活力，想必定能长命百岁，没等她猝死，我这个孙子也许就先冻毙于山中了呢。我越想越心虚。无论是昔日旧友，还是去澡堂晨浴时认识的人，就连当铺的伙计、出入的木匠、轿夫九郎助，我都一一回忆他们的名字，总之给所有认识的人去信，向他们描述吉野山的樱花之美，装作随手写下"举凡樱花盛开日，山巅处处挂白云"等古人的和歌，却不明言作者是谁，仿佛成了我的作品，并且必定添上一句"请过来玩"，再装模作样地仍以古人的和歌"常为赏樱入吉野，就此决意不出山，可有谁人候世间，盼花散尽待吾归①"结尾，每天托村民往京城送去两三封，而我的真实

---

① 以上两首和歌均为西行法师所作。——译者注

心境，则像"常为赏樱入吉野，就此决意不出山，盼有谁人候世间，待花散尽迎吾归"一样荒唐，只能自省苦笑，但我认为那些可悲的赤裸谎言也是出家的坚持忍辱，依旧向四面八方寄信，仿佛山居生活并无不便似的，然而等了又等，非但无人来访，连回信也没有一封，那轿夫九郎助，枉我平日里给他那么多赏钱，不管我去哪儿他都主动充任随从，还说"少爷若死我也不活"之类的话，可我如今那般郑重地寄信给他，他却片纸回复也无，岂不过分。

不光九郎助，以前口口声声夸我慷慨、正直、可靠的游伴，也都不知怎的，打我一出家就突然不来信了，莫非是觉得我已毫无用处，就背弃了我？未免太露骨太残忍了吧。居然遭大家如此嫌弃，这是我始料未及的。我到底做错了什么？就算借用了祖母的积蓄，那也是我家的私事，而且换个角度想想，将埋在地下的财宝挖出来活用于世，堪称高尚之举，至于彻悟诸行无常出家遁世，此乃雅事，古代的伟人大抵都这么做，大家应该都明白呀，却偏偏小觑我、排斥我，太过分了。我绝非粗鄙之人，今后也打算好好学习。出家是高贵的。请别瞧不起我，千万千万别抛弃我，永远不要绝交，偶尔也给我写写信嘛。我那么诚挚地写信邀请大家来玩，天天翘首以待，徒劳地盼着也许有哪一个人真能出现。我听到落叶随风掠过地面的声音，以为是京城来人的脚步声，一跃而起冲出家门，望着光秃秃的萧条冬树叹了口气；晚上早早睡下，大风摇动门板，我也胡思乱想空指望，以为是家中双亲来接我了，急忙开门一看，但见寒月皎皎高悬中天，唯我仍是昔日我①。据说诚心念诵"南无阿弥陀佛"，将被子翻过来盖，就能梦见相思女人的面影，而在我想来，这寂寞的夜合该如此，但话说回来，我并无确定的恋人，虽说谁都可以，但一琢磨谁的面影会出现呢，就觉得实在愚蠢，以至在暗夜里独自窃笑。要是梦见祖母可受不了。在这样乏味的夜晚，有酒喝就好了，但这一带的地方酒酸得出奇，难以下咽，且价格极贵，教人不甘，所以我一直忍着，十天买一次，一次买一斤。这山下溪流里有许多香鱼，我虽是出家人，若不偶尔食些腥膻，就会感到四肢无力、骨肉分家，难过得受不了，所以我想捉鱼吃，费了很多工夫。但香鱼毕竟是活物，机灵得很，我又笨手笨脚，怎么也捉不住，贪婪的村民发现我徒劳无功，看破我是个酒肉和尚，便乘虚而入，笑嘻嘻地带来香鱼烤串，要价高得骇人。我已被这些村民耍得团团转，接连被卷走好些钱，信了他们的鬼话把狗皮当熊皮买下。前几日，又有人

---

① 该句出自在原业平所作和歌。——译者注

倒持一个擂钵来找我，说这是富士山造型的摆件，适合放在出家人的壁龛里，打算便宜点卖给我。这摆明了是拿我当傻子，我不禁流下了不甘的泪水。

话说回来，我还是想要钱的，我觉得我抽富签差不多该中大奖了，我的签号应该是第二轮第六百八十九号。不知中没中。我把那支签藏在了京城家中我的卧室里，在壁龛立柱根部的节孔里，拜托了，请您装作找我老爹有事的样子到我家去，潜入我的卧室，将手指插入壁龛立柱根部的节孔，找出富签，查查中没中奖。要是能中就好了。我觉得多半中不了，但谨慎起见，总之还请查看一下。顺便还有一件事，可否请您去桥对面的当铺，把我当了一两的一尊约二寸长的小观音像赎回来。别的东西都不要紧，唯独那尊观音像，请务必赎回。那是我幼时祖母送给我做护身符的，用珊瑚雕刻而成，只当一两太少了，请把它赎回来，以二十两的价格卖给旧货商佐兵卫，佐兵卫说过，他随时可用二十两收购。另外，我卧室西北角的榻榻米下藏着一张彩纸，也请带给佐兵卫。那张彩纸原本贴在妓院里的枕边屏风上，因为我不受欢迎，就出于泄愤揭下来带回家了。我认为那大概是雪舟的画作，但也可能是赝品。总之给佐兵卫过目，请您机警点,可别贱卖了,就算是赝品,品质似也不坏,请试试要价五十两。若能售出,连同卖观音像的钱,麻烦您马上寄给我。这次给您添了许多麻烦,我想送您一件条纹外褂以作答谢。那外褂现在九郎助手中,条纹蛮别致的,衬里的丝绸也是上等货。九郎助虽是个轿夫,却爱赶时髦,当初一心想要那件外褂,我就借给他穿了一段时间,一直没要回来,但绝不是给了他,请您设法从九郎助手中夺回自己穿。那个忘恩负义的九郎助,我要让他尝到更多的教训。没关系,请从九郎助手中夺回那件外褂。您肤色白净,它一定很适合您,而我皮肤黑,一点也不适合我,恐怕只有缁衣才适合我,而且我肩膀宽,就像弁庆那个莽和尚,穿什么都如狼披羊皮,一切都索然无趣。我明明已经出家,却还想更进一步出家遁世,什么也弄不清楚,只是无聊得要死,望您能体察这首和歌的心境:

"怅叹不知背世法,吉野深山亦愁居。[①]"

其实这首和歌非我所作,最近我已分不出别人的东西与自己的东西,自出家遁世以来,我成了一个大盗。这次遁世真的很鲁莽,请务必可怜我,别忘了富签、观音像以及彩纸的事,

---

① 作者为源实朝。——译者注

也请代我向昔日游伴问好,衷心期盼大家能在阳春时节相聚,一齐驾临吉野。顿首。

(《万般废书简》,卷五之四,《吉野樱好冬难挨》)

太宰治・諸国奇聞新解
だざい おさむ　しんしゃくしょこくばなし

和风译丛·太宰治系列推荐

本书创作于第二次世界大战期间。在战争硝烟的笼罩下,作者一家人不得已进入狭小的防空洞中躲避空袭。父亲为了安抚躁动不安的小女儿,将日本传说进行改编并讲给女儿听,于是便有了《御伽草纸》这本传世经典。

"人生总是在上演着这样的故事,这就是所谓的人性悲喜剧。"太宰治根据《去瘤》《浦岛太郎》《舌切雀》等耳熟能详的日本传说故事进行改编,表现出对人性和现实命运的反思,但在风格上却一改往日的沉郁颓废,转为轻松平和,《御伽草纸》是太宰治笔下少有的温情之作。此外,本书中还收录《竹青》与《维庸之妻》。

根据日本现实主义之父井原西鹤的作品改编,同时注入太宰治的人生哲学,这是两位日本文学家的一次跨时空"合作"。太宰治借西鹤之口揭露现实、剖析人性,在战火下仍然笔耕不辍,为的是在乱世中仍然能使文学精神得到传承。

本书作品多描述市民生活中的奇闻异事,从小人物着笔,折射出日本社会的喜怒哀乐,趣味十足而又发人深省。是选择追名逐利还是坚守本心?这是作者留下的问题。至于问题的答案,则需要读者在人生之中探寻。

时间宝贵,我们只读好书。

和风译丛·太宰治系列推荐

　　津轻是太宰治的故乡,他短暂人生中的前二十年都在这里度过。可以说,是津轻成就了如今的太宰治;而当太宰治重游故园时,他也找回了久违的温暖。本书不仅是一部描写津轻风土人情的优秀作品,而且具有极高的文学价值。阅读此书,或许可以让我们通过太宰治的成长之路,得到前所未有的精神力量。

　　《春天的盗贼》收录了《春天的盗贼》《俗天使》《新哈姆莱特》《女人的决斗》《女人训诫》等太宰治的小众作品,题材丰富,表现形式多样,每一篇作品都展现出了太宰治出众的洞察力和文学才能,同时也让我们在阅读中窥见太宰治内心的挣扎和对美与善的一丝希望。

时间宝贵,我们只读好书。

和风译丛·太宰治系列推荐

战争时期,太宰治将笔触转向历史传奇,并创造出乱世中的一方净土。本书收录了太宰治为人称颂的翻案杰作《右大臣实朝》《追思善藏》等,是研究太宰治文学风格和艺术水平的重要参考。太宰治用其对情节独特的处理手法,为传统作品注入了新的价值。在明暗意向的交织下,展开了一幅描绘人性的画卷。

不论身处何等黑暗之境,内心深处一定会有不灭的希望,太宰治即是如此。总是给人留下颓废、消极印象的太宰治,心中也有柔软的一面。他在逆境之中寻求生命的意义,并鼓励读者勇敢地追寻梦想,保持善良和美好的人性,满怀信心地迎接每一天。《归去来》中收录太宰治数篇真心之作,是太宰治彼时心境的真实写照,也是他留给后人的宝贵精神财富。

只读

时间宝贵,我们只读好书。

和风译丛·太宰治系列推荐

《古典风》收录了太宰治的日常随笔、短篇小说、散记等。题材丰富,形式多样,展现出太宰治在文学领域的多种探索,并在其中融入了太宰治自身对于人生的感悟。这些作品的问世打破了大众对太宰治"忧郁、堕落"的刻板印象,逐渐认识到他作为一个普通人所具有的丰富情感。想要了解真实的太宰治吗?那你一定不能错过这本《古典风》。

"我一定会战胜这个世界的!"这是主人公芹川的宣言,少年总要经历挫折和磨难才能成长,而他们身上最宝贵的便是勇气与希望。芹川的故事正是每一位青少年的真实写照,即使遭遇挫折、经历失意,也不会停下勇往直前的脚步,这才是青春的意义。

《正义与微笑》语言细腻,风格明快,真实地再现了一个正值青春的少年在面临人生选择时的心理变化。一反往日作品的"颓废、压抑"之风,展现出太宰治积极向上的一面。

时间宝贵，我们只读好书。

—和风译丛—

001 太宰治《人间失格》（平装）
002 太宰治《惜别》（平装）
003 织田作之助《夫妇善哉》（平装）
004 宫泽贤治《银河铁道之夜》（平装）
005 坂口安吾《都会中的孤岛》（平装）
006 上村松园《青眉抄》
007 太宰治《关于爱与美》
008 谷崎润一郎《黑白》
009 梶井基次郎《柠檬》
010 幸田露伴《五重塔》
011 宫泽贤治《银河铁道之夜》（精装）
012 太宰治《人间失格》（精装）
013 太宰治《惜别》（精装）
014 芥川龙之介《罗生门》
015 泉镜花《汤岛之恋》
016 夏目漱石《我是猫》
017 樋口一叶《十三夜》
018 尾崎红叶《金色夜叉》
019 坂口安吾《都会中的孤岛》（精装）
020 樋口一叶《青梅竹马》
021 织田作之助《夫妇善哉》（精装）
022 太宰治《虚构的彷徨》
023 太宰治《他非昔日他》
024 小泉八云《怪谈：灵之日本》
025 小泉八云《影》
026 谷崎润一郎《盲目物语》
027 谷崎润一郎《细雪》
028 太宰治《富岳百景》
029 太宰治《东京八景》
030 太宰治《黄金风景》
031 横光利一《春天乘着马车来》
032 谷崎润一郎《少将滋干之母》
033 谷崎润一郎《猫与庄造与两个女人》
034 永井荷风《梅雨前后》
035 樋口一叶《五月雨》
036 永井荷风《地狱之花》

只读

时间宝贵，我们只读好书。

037 永井荷风《晴日木屐》
038 芥川龙之介《英雄之器》
039 谷崎润一郎《秘密》
040 芥川龙之介《素盏呜尊》
041 式亭三马《浮世澡堂》
042 三岛由纪夫《春雪》
043 三岛由纪夫《天人五衰》
044 三岛由纪夫《潮骚》
045 三岛由纪夫《假面的告白》
046 三岛由纪夫《金阁寺》
047 芥川龙之介《丝女纪事》
048 太宰治《和风绘·女生徒(插图纪念版)》
049 太宰治《和风绘·舌切雀(插图纪念版)》
050 芥川龙之介《和风绘·地狱变(插图纪念版)》
051 小泉八云《和风绘·怪谈(插图纪念版)》
052 吉田兼好《徒然草(中日对照版)》
053 川端康成《雪国》
054 川端康成《伊豆的舞女》
055 川端康成《古都》
056 川端康成《千只鹤》
057 川端康成《花未眠》
058 川端康成《东京人》
059 太宰治《御伽草纸》
060 太宰治《诸国奇闻新解》
061 太宰治《津轻》
062 太宰治《春天的盗贼》
063 太宰治《无人知晓》
064 太宰治《归去来》
065 太宰治《古典风》
066 太宰治《正义与微笑》